ハヤカワ文庫JA
〈JA1543〉

大角先生よろず覚え書き

時武里帆

早川書房

8910

JN084095

目次

大角先生よろず覚え書き

登場人物

浦野藤兵衛…………貧乏御家人の三男坊
大角先生
（平田篤胤）…………国学者。いぶきのや（気吹舎）という塾を開く
車屋寅吉………………神童と噂される天狗小僧
お里勢……………………大角先生の妻
お長………………………大角先生の娘
お紺………………………近々祝言をあげるはずだった娘
比企勢之助…………神隠しにあったとされる男。水戸藩士
門倉重八………………元盗賊の岡っ引き
堀田伝右衛門…………お紺の父親。下谷長者町の小間物屋の主
夏雲………………………大見世三浦屋の花魁
玉川夢介………………素性のわからぬ幇間
河内山宗俊…………元茶坊主。小普請組支配

第一章　神隠し

一

「この世に蕎麦《そば》ほどうまいものはあるまい。ああ、空きっ腹に染みるのう」

浦野《うらの》藤兵衛《とうべえ》は剣術の稽古の帰り、いつものように湯島天神町の蕎麦屋に立ち寄って、蕎麦を啜っていた。

ここの蕎麦のかけ汁は宗太鰹を使った出汁の風味が絶妙なうえ、じっくり寝かせた「かえし」が効いている。

肝心の蕎麦もさることながら、とりわけ汁にうるさい藤兵衛が、ようやくめぐり合ったかけ汁だった。

鎌倉の東慶寺が女の駆けこみ寺ならば、この蕎麦屋はさながら藤兵衛の駆けこみ寺。

稽古が終わるや、藤兵衛は空きっ腹を抱えて脇目もふらず、この蕎麦屋ののれんをくぐる。

上がり框《がまち》にひょいと腰かけ、大きな鼻をひくつかせながら、まずは店にあふれる出汁の香りだけで腹の虫の機嫌をなだめる。

いざ、蕎麦が出てきてからは、もう一心不乱である。

ひたすら蕎麦と己《おのれ》あるのみ。

真剣勝負さながらの形相で、蕎麦を啜ることしきり。

周囲の音が耳に入るのは、ほかほかと温まった腹をさすりながら、鼻腔に残る出汁の残り香を楽しむ段になってからである。

そんな藤兵衛がまさに腹をさすっているおり、同じ上り框の奥から、なにやら異様な気配がただよってきた。

ハッと目をやると、年季の入った袖なしの綿入れ羽織を着こんだやせぎすの男が身じろぎもせず座っている。

(はて、この御仁はいつから奥に？　まったく気づかなんだわい)

藤兵衛は見るとはなしに、動かぬ先客を横目で見やった。

これから蕎麦を頼むふうでもなく、食べ終わって勘定を済ますふうでもない。

ただ、じっと瞑目して前を向いている。

（この時期にもう綿入れの羽織とは、よほどの寒がりであろうか）

やせた身体のせいか、羽織ばかりが大きく目立ち、滑稽でさえある。

――枯れ木に花を咲かせましょう――

藤兵衛の脳裏にどこからともなく昔話の一節が浮かんだ。

（あのようにやせて身軽であれば、木登りなど造作もなきはず。もっとも、どちらが枯れ木か見分けがつかぬが……）

枯れ木に登って灰をまいている男の姿が目に浮かび、思わず藤兵衛の口元がゆるんだ。

その刹那、じっと瞑目していた男の目がカッと開いた。

いきなり鋭いまなざしとカチ合った藤兵衛は、慌てて目をそらせた。

やせぎすの花咲爺はしばらく藤兵衛のほうをにらんでいるようだった。

だが、しばらくするとまた瞑目して、なにごともなかったかのように座り続けた。

「もし、あの御仁は、あそこでいったいなにを？」

どうにも気になってたまらず、藤兵衛は蕎麦屋の店主に小声でたずねた。

「ああ、大角《だいかく》先生ですかい？　言わずと知れた蕎麦嫌いの先生なんですがね、今日はどういう風の吹きまわしか、変わった小僧と連れ立って蕎麦を食いにきましてね」

すると、店主はいかにも迷惑そうに顔をしかめた。

「それがまったく面倒な話でして……。勘定がまだなんですよ」

「なんと……。して、その連れの小僧は?」

見回したところ、あたりに小僧らしき者の姿はない。

「勘定を取りに帰ってから、もう半刻《はんとき》も経ちますかねえ。こりゃあ、もう戻って来っこありませんよ」

「では、食い逃げか?」

店主は困った顔で苦笑いを浮かべた。

「まあ、そうなりますねえ。体《てい》よく小僧に逃げられたんでしょう。いや、こっちはべつにツケでもかまわねえんですがね。しかし、大角先生がどうしても待つっておっしゃるもんだから」

店主は「大角先生」の名をくり返す。

「大角先生? はて、聞かぬ名だが……」

藤兵衛はあらためて、花咲爺のほうを見やった。

「へえ、知らねえんですか? この界隈じゃあ、ちょいと名の知れた変わり者の先生ですよ。いぶきのやで国学と神道をやっていなさるようだが、医術もやれば易もやる、なんでもござれの先生で。それがまた、下手な易者より当たるようでして……」

ときは文政三年（一八二〇年）十月。

大角こと平田《ひらた》篤胤《あつたね》の開いた国学塾は湯島天神男坂下に移ってまだ間もなかった。

一部の識者たちを除いて、気吹舎《いぶきのや》と号する塾の名を正しく読める者はいない。

篤胤自身は国学者としてそれなりに名を馳せていたものの、いぶきのやが国学の塾と知っている者はまだ少なかった。

「相談料の代わりに、ちょいと変わった面白え話を持っていきさえすりゃあ、行く末をピタリと当ててくれるって評判で……」

「へえ、さように高名な御仁には見えぬがのう」

どう見ても花咲爺にしか見えぬ篤胤は相変わらず瞑目したまま、毅然と前を向いている。勘定を取りに帰ったという小僧の戻りをみじんも信じて疑わぬ様子である。

「さような先生が蕎麦代に困っておるとは、なにやらお気の毒な気がせぬでもない。ここで出遭うたもなにかの縁。よろしければ、その先生と小僧の分もそれがしが……」

貧乏御家人の三男坊とて、暇はあっても職はない。懐具合もけっしてあたたかいとはいえぬ身だったが、話を聞いた手前、知らぬ顔もできない。

律儀な己の性分を呪いながら、藤兵衛が懐の財布に手をやったやさきだった。

篤胤が、カサリと音を立てて立ち上がった。

「わしはまだ四十五。爺と呼ばれるにはちと早い！」

やせぎすの身体からは思いもよらぬ、よく通る声である。

藤兵衛は驚いて目をしばたたいた。

篤胤の目は射ぬくように藤兵衛を見つめている。

「そなた、先ほど肚の内で『枯れ木に花を咲かせましょう』と唱えたであろう？」

「めっそうもない！　なにゆえ、さような……」

「そなたの顔に、しかと書いてあるわい」

ピシャリと言い放つと、篤胤は勝ち誇った顔で腰を下ろした。

「なんと、顔……。それがしの顔にさような文句が？」

しきりに己の顔を撫で回す藤兵衛を、蕎麦屋の店主が呆れ顔でながめている。

「それから勘定の件であれば情けは無用。連れがじきに戻ります」

自信たっぷりの物言いに、蕎麦屋の店主と藤兵衛は思わず顔を見合わせた。

まさにそのとき、「先生、遅くなってすまねえ！」とまだ前髪の残った十四、五の小僧が息せき切って飛びこんできた。

（ははあ。これが先ほど蕎麦屋の申しておった連れの小僧か……）

藤兵衛がしげしげと見ていると、小僧がひょいとこちらを向いた。

篤胤に負けず劣らず鋭い目つきである。

「太え眉に、剃り跡の濃い髭。おまけに割れたあご……」

小僧は藤兵衛の顔を見たまま、ぶつぶつとひとりごとをつぶやいている。

気味悪く思った藤兵衛が顔をそむけようとした刹那、小僧が「先生！　こいつだ。まちげえねえ。おいらの夢に出てきたのは、まちがいなくこの顔だ」と叫んだ。

（なに？　またしても顔……。いったいそれがしの顔になにが？）

篤胤は検分するかのように藤兵衛の顔を見つめた。

「こたびはなにも唱えておりませぬぞ。断じてなにも唱えておりませぬ」

「分かっておるわい！」

篤胤はまたピシャリと言い放った。

「わしは平田篤胤と申しまして、大角の号でいぶきのやという塾を開いております。そなたの名をうかがってよろしいか？」

「それがしは浦野藤兵衛と申しますが？」

篤胤は「ふむ」とうなずいて、また瞑目した。

なにもやましいところはないはずなのに、藤兵衛は名乗りを上げた件をなぜか悔やんだ。

（うっかりつられて名など名乗らねばよかったか？　面倒ごとに巻きこまれねばよいが…

…）

やがて篤胤はカッと目を開いた。

「藤兵衛殿、そなた、絵は描かれますかな？」

思いもよらぬ問いかけだった。

「それがしは馬庭念流《まにわねんりゅう》免許皆伝の腕前。剣の道に覚えはございまするが、絵のほうはさほど……。まあ、いたずら描き程度でしたら、あそこに」

藤兵衛は壁に貼ってある品書きを指した。

一連の品書きの文字の余白に、蛙が頬を張って蕎麦を啜っている戯画が描かれている。

「なに、あれをそなたが？　うむ、なかなか勢いのある筆づかい」

篤胤は値踏みするように、品書きをながめている。

「ちょいと遊びのつもりで描いていただいたんですがね、うちの客にもなかなかの評判なんですよ」

蕎麦屋の店主が口をはさむ。

「ほうら、言ったろう？　やっぱり、こいつが七生舞《しちしょうまい》の絵を描くべき男なんだ。おいらの夢見は外れっこなしなんだから」

小僧は得意げに胸を張っている。

「待て、小僧。夢見とは、いったいなんの話だ？　外れっこないとは大した自信だな」

小僧はさもおかしくてたまらぬといった顔をした。

「おいらを誰だと思ってんだ？　知らねえのかい？　まあ、無理もねえや。おいらは大角先生のところで厄介になってる車屋寅吉《くるまやとらきち》。天狗小僧の寅吉だ」

「なに？　では、お前があの、神童と噂の……？」

藤兵衛はあらためて小僧の顔を見なおした。

近ごろ江戸では天狗にさらわれ、天狗とともに修行をして帰ってきた少年の話が世間を騒がせていた。

天狗から授かった不思議な力を持つと評判で、大人顔負けの知恵と途方もない神通力を発揮するという。

「へえ、どんな神童かと思えば、かような……」

「『かような……』だと？　なんだよ。続きを言ってみやがれ」

「これ、寅吉。やめよ。どうやらお前の夢見は当たったらしい」

それまでじっと品書きの絵をながめていた篤胤が、寅吉をなだめた。

「藤兵衛殿、わしはたった今、得心した。わがいぶきのやの門弟となり、寅吉の語る神仙界の絵を描くは、そなたをおいてほかにおらぬ」

急に向きなおった篤胤の申し出に、藤兵衛は慌てた。

「お待ちくだされ。それがしは剣ひと筋にて、学問などとても……」

「だまらっしゃい！」

やせた身体からは思いもつかぬ大声と気迫である。

「今日のこの刻、蕎麦屋で会う眉太くして髭の剃り跡濃く、あごの割れし男。多少の絵心を持ち合わせし男が、わが弟子となるは、あらかじめ定められし運命《さだめ》。観念なされい」

藤兵衛は啞然としたまま、しばらく口もきけなかった。

「お待ちくだされ、先生。順を追うて話してくださらぬことには、いったいなにがなにやら……」

ようやく口を開いた藤兵衛に、篤胤は滔々《とうとう》と語り始めた。

「そもそも寅吉は天狗の導きで神仙界を見てきた子ども。天狗から授かった神通力によって、正夢を見る力があるのだ」

「して、その正夢にそれがしの顔が？」

「さよう！」

篤胤はふたたび鋭い目つきで、藤兵衛を見すえた。

「寅吉の夢見に狂いなし。ゆえに、わしは食いたくもない蕎麦を食い、夢見どおりの男が現れるまで刻を稼いでじっと待っておったのだ」

話を聞いていた蕎麦屋の店主があきらかに気を悪くした顔をする。

「そなたが一心不乱に蕎麦を啜るさまを、わしは見ておった。じつにみごとな食いっぷりに感心し、この男に相違なきかどうか、瞑目してわが肚の内に問いかけておった。そこへ、そなたの肚の内が急に聞こえてまいったのだ。『枯れ木に花を咲かせましょう』とな」

藤兵衛はギクリと首をすくめた。

「お前、肚ん中でそんな文句を唱えたのかよ？　まあ、気持ちは分からなくもねえけどよ」

寅吉がおかしそうに口元をゆるませると、篤胤はキッとにらみつけた。

「ようするに、先生はお前の肚の内をすっかりお見通しなんだよ。観念して弟子になりな」

寅吉は急に真顔になった。

子どもながら、有無を言わさぬ押しがある。

「しかし、先にも申したとおり、それがしは学問など……」

「誰がそなたに学問をせよと言うたか？　そなたはただ絵筆をふるうて、神仙界の絵を描いてくれればよい。さすれば束脩《そくしゅう》金なしで門弟にしてやる」

「なるほど、さようであれば……」

いったん納得しかけて、藤兵衛は慌てて頭をふった。

「いや、お待ちくだされ。さような場合は、それがしが逆にいくばくかの画料をちょうだいすべきなのでは？　それに、そもそも神仙界とはいったい……」

「まあ、そんな野暮な話は後でいいじゃねえか。とにかく一緒にいぶきのやに戻ろう。話はそれからだ。なあ？　先生」

篤胤が黙ってうなずく。

「ちょいと待っておくんなさいよ。どこへ戻ろうが勝手ですけど、お勘定がまだですよ。いくら食いたくもない蕎麦でも、ちゃんと一人前食ったからには、こちらもお代をいただきませんとね」

自慢の蕎麦を「食いたくもない蕎麦」呼ばわりされた店主はまだ根にもっているらしい。言葉の端々にけんがあった。

「やあ、すまねえ。お勘定なら、ほらよ。あのお侍の分もな」

藤兵衛の分の勘定を済ませようとする寅吉を、藤兵衛は慌てて止めた。

「待て、小僧。お前に勘定をしてもらういわれはない。それがしの分はそれがしが……」

「いわれもくそもねえやい。これが画料だと思えばいいだろ。なあ？　先生」

「さよう。藤兵衛殿の勘定はわがいぶきのやが持つとしよう。頼んだぞ、寅吉」

寅吉はすばやく勘定を済ませると、「これも運命のうちだ。なにごとも観念が肝心てもんさ」と藤兵衛を追いたてた。

「いや、待て。そもそも運命とはなんぞや？　かりにそれがしが絵を描くとして、だ。画料が蕎麦一杯とはいかがなものなのか？」

「いいから、いいから！」

寅吉に追い立てられるまま藤兵衛は篤胤と連れ立ち、いぶきのやへ向かったのだった。

二

いぶきのやは湯島天神の男坂を下りきってすぐの一角にあった。

それと知らなければうっかり通りすぎてしまいかねない、ひっそりとした佇まいである。

門人たちを集めて講釈を行なう広間には、墨のにおいと線香の煙が混じったようなにおいがただよっていた。

簡素な造りの広間だけあって、足を踏みしめるたび畳がミシミシと鳴る。

すでに集まっていた門人たちは、藤兵衛が入るやいなやいっせいに目を向けてきた。

「先生、こちらの御仁が寅吉の夢に出てきた例の御仁でございますか？」

「いや、なるほど濃き眉じゃ。あごもみごとに割れておる」

皆、感心したように藤兵衛の顔をながめる。

藤兵衛は面映《おもはゆ》くてならなかったが、努めて気丈に一同の顔を見返した。

「さよう。この者が今日から門人となった浦野藤兵衛じゃ。皆、よしなに頼む。藤兵衛には七生舞の絵を描いてもらう」

静かなどよめきが広間に広がる。

「しかし、先生。やはりそれなりの絵師に描いてもらったほうがよろしいのでは？　そのお方はどう見ても……」

門人の一人が藤兵衛を見て、顔をしかめる。

（なに？　『どう見ても武骨者』とでも？　いたしかたあるまい。それがしにとっては剣の道こそ本業。かような塾の門人になる気など毛頭もなかったものを……）

思わず口から出かかった言葉を、藤兵衛はぐっと呑みこんだ。

先ほど啜った蕎麦の出汁の香りが、まだ鼻腔の奥に残っていた。

（おのれ、たかが蕎麦一杯でまるめこまれ、袖をつかまれるとは情けない）

と、そこへ豊かな黒髪を丸髷に結った女が、折り目正しい所作で入ってきた。

（なんとたおやかな……。先生のご妻女であろうか？）

黒襟をかけた粗末な着物からは質素な暮らしぶりがうかがわれたが、所作の美しさゆえか、少しも見劣りしない。むしろ品さえ感じられた。

（まるで白百合の花が咲いたようだのう）

藤兵衛が見とれていると、篤胤が白百合の花に話しかけた。

「お里勢《りせ》、絵筆一式を頼むぞ」

「ええ、ただいまお持ちしております」

お里勢と呼ばれた女が首をふりむけた奥からは、十四、五の娘が絵筆一式をたずさえて静かに入ってくるところだった。

まだ前髪を上げて間もないのだろう。ところどころ顔にかかるおくれ毛が初々しい。浅黒い肌の利発そうな娘だった。

娘は広間の中に藤兵衛の姿を認めるや、涼し気な目元でじっと藤兵衛の顔を見つめた。

（なんと、先生にそっくりな目つき。先生の娘御か？　さては、この娘御も俺の肚の内を読んでおるのであろうか？）

藤兵衛はあわてて娘から目をそらし、「なにも唱えておらぬ。なにも唱えておらぬぞ」

と肚の中で唱えた。

「これ、お長《ちょう》。さようにじっと人の顔をながめるものでない。藤兵衛が困っておるぞ」

お長はハッと我に返った顔で、藤兵衛から目をそらした。

すると、そのさまを見ていた寅吉がニヤリと笑った。

「やあ、タデ食う虫も好き好きたあ、よく言ったもんだなあ。お長、お前は割れたあごがよほど好きみてえだなあ?」

お長はみるみるうちに頬を赤らめ、寅吉をにらみつけた。

「へらず口たたくのもいいかげんにしなさいよ! だいたい、あんたが見たままを絵にすれば、それで済む話でしょう? わざわざ絵師が夢に出てきたなんて嘘までついて。この横着者!」

楚々とした娘だとばかり思ったお長の、うって変わった喧嘩腰に藤兵衛は目をみはった。

しかし、寅吉も決して負けてはいない。

「誰が横着者だって? ええ? おいら、嘘なんかついてねえよ。割れたあごの男が七生舞の絵を描くたあ、あらかじめ決まった運命なんでえ! それにこの男と先生はまちげえなく腐れ縁だ。出会ったら最後、離れられねえ」

これには藤兵衛も驚いた。

「待て、寅吉。さような話は聞いておらぬぞ。その、なんとかと申す絵を描きさえすれば、それで終《しま》いなのであろう?」

「さあ、どうだかなあ?」

寅吉は他人事のようにうそぶき、プイと横を向いた。

「すみませんねえ、藤兵衛さん。お長と寅吉はどうにも犬猿の仲なのです。たがいに口が勝りすぎるといいますか、寄るとさわると言い合いに……」

白百合のお里勢が割って入った。

いかにも申し訳なさそうに、柳腰を折って頭を下げるお里勢に、藤兵衛はかえって慌てた。

「いえ、かまいませぬ。相性の良し悪しはどうにもならぬもの。それより、それがしは腐れ縁とやらのほうが気になりまする」

当の篤胤のほうを見やると、篤胤はまるで意に介したふうもなく、絵の用意を整えている。

「さあ、寅吉。お前はここへ座って、七生舞の話をせい。して、藤兵衛はここで寅吉の話すがままの有り様を絵に。わしはこちらで聞き書きをするとしよう」

その嬉々としたさまに、藤兵衛はなかば呆れた。

(この先生は、天狗のもとで修行してきたなどという子どもの話をまともに信じておるのか？　口から出まかせのほら話やもしれぬのに、この念の入りようはいかがなものだろう？)

「やれやれ、蕎麦一杯分の借りを返したら、早々に引き揚げるとしよう」

藤兵衛はひとりごちて、お長が運んできた絵筆一式と紙の前にドカリと腰を下ろした。

三

門人たちの見守るなか、いよいよ寅吉の見てきた神仙界の語りが始まった。

「舞人の数は五十。楽人も合わせると七十四だ。まあるく円になって、真ん中には御柱と呼ばれる檜《ひのき》の柱が立ってる。舞人は外側、内側に楽人だ。笛を吹いてる楽人とそれから……浮鉦《うきがね》を鳴らしてる楽人もいたな」

寅吉は鋭い目を半眼に開き、うわ言のように己が目にしてきた神仙界の様子を口にした。

神仙界とは神や仙人が暮らすところで、寅吉は天狗に連れられてこれを見てきたのだという。

藤兵衛にとっては、いかにもうさんくさい話である。

(小生意気な小僧め。どうせ昼寝の最中に夢でも見たのであろう)

しかし、ただの小生意気な小僧が見た夢にしては、篤胤の食いつき方は異様だった。

寅吉の話を一言一句聞き漏らすまいと、びっしりと覚え書き帖に書きつけている。

また、藤兵衛が忠実に七生舞を描いているかどうか、いちいち寅吉本人にたしかめる。

「して、寅吉。その舞人の姿形であるが、かようなものかのう?」

「あっ、先生、その下絵はまだ……」

描きかけの下絵を横からスイと取り上げられ、藤兵衛は慌てて取りかえそうとする。

途中の下絵を見せられた寅吉は「まあ、そんなもんだが、髭はもっと長い。萌黄色の装束の上衣には雲の模様が描かれてたな」とぼんやりとした目つきで語った。

先ほどのへらず口の寅吉とは別人である。

見聞した神仙界を思い出して語るうち、魂が抜けだして神仙界へと飛び去ったかに見える。

(これを神がかりと呼ぶのだろうか。あながち、この小僧の話も嘘ではないのやもしれぬ)

寅吉の目の前では、まるで今も神仙界の七生舞がくり広げられているかのようだ。

(俺には見えぬものをこの小僧は今、見ているのか?)

最初はうさんくさく思っていた寅吉の話に、藤兵衛はいつの間にやら深く引きこまれていた。

「そもそも、七生舞とはなんの舞なのだ? なんのために、こうした舞を?」

篤胤の問いかけは、まさに藤兵衛も尋ねたくてたまらぬところだった。

「天神地祇が喜びなさるのさ。だから、山でも海でも、この舞楽はよく捧げられるってわけだ」

「海でも? 御柱はいかがいたすのだ? 海に御柱は立つまい」

藤兵衛が思わず身を乗りだすと、寅吉は急にへらず口の寅吉の目つきに戻った。

「さすがはいんちき侍。無粋な奴だなあ。誰が海に柱を立てるかよ。おいらの話は神仙界の話だ」

(どうやら、神仙界とはこの世の者には見えぬらしいな)

「でも、たまにこの舞楽を海で聞きつける漁師もいるんだぜ。ま、どこにいようが、どんなに耳を澄ませようが、いんちき侍の耳には聞こえてこねえだろうけどよ」

「それがしはいんちき侍にあらず! 右手を斬られれば、左手を詰め、左右の手がなければ、かぶりついても一念をとおす馬庭念流の……」

「こりゃまた、ごたいそうなこった！」

寅吉はうすら笑いを浮かべて藤兵衛を見上げた。

「そりゃあ、左右の手がなくっちゃあ、かぶりつくしかねえわなあ？　当たり前《めえ》だ。べつに剣術を習ってなくたって、おいらにだって分からあ」

泰然とかまえる寅吉は、とても子どもとは思えぬ貫禄である。

藤兵衛は歯噛みをしながら、絵筆を持ち直した。

「それで？　その不可思議な舞の話の続きを……」

寅吉は、また半眼に戻って七生舞の話を続けた。

思い出すままに、目の前に光景が浮かぶままに話しているのだろう。たまに辻褄が合わなく感じるところもなくはない。

しかし、話もなかばを過ぎると、不思議と藤兵衛の目の前にも、一度も見たためしのない七生舞の様子が浮かんできた。

(やれやれ。小僧が昼寝の合間に見た夢の話にしては、たいしたものだわい)

感心するのも悔しいが、藤兵衛は胸の内でうなり声を上げながら絵筆を動かしていた。

すると障子がスッと開いて、またお里勢が顔を出した。

「客人がお見えですが、いかがなさいますか？」

篤胤は聞こえぬふうで、聞き書きに夢中になっている。

「先生、客人だってよう。聞こえてねえのかよう？」

寅吉のほうが気がついて、半眼の目を篤胤へ向けた。

「聞こえておるわ。どうせろくな客人ではあるまい」

篤胤は、いまいましげに顔を上げた。

「して、どんな男だ？」

「いえ、男ではございません。なにやら思いつめた顔の女人にございます」

お里勢の言葉に、藤兵衛も絵筆を止めた。

「どうせまた、蕎麦屋で噂を聞きつけ、よろず相談か占いとまちがえてきたのであろう。

わしは忙しい。お引き取り願ってくれ」

篤胤は、まったく取り合うそぶりがない。

「これ、寅吉。七生舞の話の続きを……」

しかし、それまで熱に浮かされたように七生舞について語っていた寅吉はパタリと話をやめた。

顔つきがへらず口の寅吉に戻っている。

「そいつはいけねえなあ、先生。せっかく訪ねてきなすったんだ。会ってやったらどうだ？　おいらの勘じゃあ、その女、きっと先生が喜びそうな話を持ってきてるぜ」

篤胤の眉がピクリと動いた。

「まことか？」

「おいらが一ぺんだって嘘をついたかよう？」

篤胤はあごのあたりをしきりに撫で回し始めた。

「お前の勘は、よう当たるからのう」

明らかに興を引かれたようだった。

しばらく思案した後、篤胤はポキリポキリと膝を鳴らして立ち上がった。

「藤兵衛、わしはこれからその女子に会うてくる。頃合いを見て呼びにまいれ」

篤胤の意図するところが分からず、藤兵衛はポカンと口を開けたままだった。

「めぐりの悪《わり》いお侍だなあ。先生は長話が嫌えなんだ。途中でお前《めえ》が『先生、ちょっと……』と呼びに入れば、先生も席を立ちやすいだろうが」

寅吉はしたり顔である。

「うるさい。お前に指図されなくとも、当初《はな》から承知しておる」

ニヤニヤしながらあごの下を掻いている寅吉に、藤兵衛は語気を強めた。

四

「先生、お話の最中にごめんこうむりまする」

篤胤に言いつけられた頃合いを見はからい、藤兵衛はピタリと閉まった障子の向こうに声をかけた。

しかし、いくら待っても「入れ」の返事もない。

わざとらしく何度も咳ばらいをしてみたものの、相変わらず、中からは「うん」とも「すん」とも返事がない。

(ええい。こうなったら勝手に踏みこむまでだ)

藤兵衛が思い切って障子を開けると、いきなりふっくらとした丸顔の女と目が合った。

女は小さく声を上げ、藤兵衛を見つめる。しかし、篤胤は藤兵衛をふり向きもせず、しきりに覚え書き帖になにかを書きつけていた。

「して、お紺《こん》殿。勢之助《せいのすけ》殿はいつごろからいなくなられたのです？」

身を乗り出して尋ねている篤胤の背に向かって、藤兵衛は声をかけた。

「先生、ちょっと……」

先刻、寅吉に言いつけられたとおりの言葉である。

聞こえておらぬはずはないのに、篤胤は一向に藤兵衛の言葉に耳を貸そうとしない。

「先生！　聞こえておられましょうか？　藤兵衛にございます！」

思わず声をはり上げると、「ええい、うるさい。聞こえておるわ！」と、同様にはり上げた声が返ってきた。

「先生、お弟子様がお呼びのようですが、よろしいのでございますか？」

お紺と呼ばれた丸顔の女が、心配そうに篤胤と藤兵衛の顔を交互に見くらべている。

「かまいませぬ。この弟子は新入りで、用もないのに呼びに来る癖が抜けのうて困っておるのです。こたびもどうせ大した用ではありますまい」

藤兵衛の頭にカッと血がのぼった。

「大した用でないとはなにごと……。『頃合いを見て呼びにまいれ』とおっしゃったは、先生にございまする」

「そのほうの『頃合い』の計り方がまちごうておるのじゃ！」

篤胤と藤兵衛のやり合いに、お紺はあきらかに困惑の色を浮かべた。

「あたし、もうおいとましたほうがよろしいのでしょうか？　先生が親身にお話を聞いてくださるものですから、つい長話してしまって……」

立ち上がりかけたお紺を篤胤は慌てて引き留めた。

「いや、お紺殿。もうしばらく。もうしばらく話してくだされ。神隠しについてはわしも長年調べておるのですが、なかなか身近な例《ためし》がのうて……。そなたの話はじつに興が深い」

「さようでございますか？　では、もうしばらく」

お紺は、半分浮かしかけた腰を下ろした。肉《しし》置きの豊かな丸い腰つきである。薄物の小袖から、弾みのある身体がはちきれそうにふくらんでいる。

藤兵衛はそれとなく目を逸らしながらも、「神隠し」の言葉をしかと捕らえていた。

（神隠しとはまた、いかにもうさんくさいが……。先刻、寅吉の申しておった『先生が喜びそうな話』とは、これに相違あるまい）

興の乗らぬ長話は大嫌いでも、自身の興の乗る話であれば、根ほり葉ほりいつまでも食いついていたい。出会って間もないながら、篤胤の性分が、うすうす藤兵衛にも分かりかけていた。

（ああ、どうやら俺は一癖も二癖もある先生に、うっかり弟子入りしてしもうたようだ。しかし、先生がこうして熱心に聞き書きしておるものを、弟子の俺が放って帰るわけにもいくまい）

胸の内で「やれやれ」と唱えつつも、藤兵衛の目はお紺の丸い腰に吸いよせられていく。

藤兵衛は座り直して、お紺の話に聞き入り始めた。

五

お紺の話によれば、神隠しに遭ったのは近々お紺と祝言を挙げるはずの勢之助という男で、お紺は心底、この勢之助に惚れているようだった。

勢之助について語るお紺の言葉の端々に並々ならぬ心情があふれ、いちずな目つきには熱がこもっている。

しかし、話は得てしてあっちへ行ったり、こっちへ行ったり。なかなか本筋に戻ってこないもどかしさを篤胤は懸命にこらえているようだった。

「それがおかしいのでございます。祝言の日も間近となったころ、いきなり勢之助様が勘当されまして……」

本筋からずれた話が、いきなり曲がり角を曲がるように本筋に切りこんできた。

思わず前のめりになる篤胤の後ろで、藤兵衛が声高に叫ぶ。

「なに？　勘当？　それは穏やかではありませぬな。いったいいかなる理由で？」

篤胤はとたんに苦虫を嚙みつぶした顔つきになり、藤兵衛をにらんだ。

お紺はあふれてくる心情を押さえきれぬ様子で切々と訴える。

「どうやら吉原でのお座敷遊びがすぎて……という理由らしいのですが……。たしかに勢之助様は芸事がお好きで、自ら幇間《ほうかん》のまねごとをなさったりしますが、それが元で勘当されるほど羽目を外されるお方ではございません」

「して、お紺殿。その勘当と神隠しとは、いかなるかかわりが？」

篤胤がさらに前のめりになったところで、また藤兵衛が叫んだ。

「お紺殿、もしや勢之助殿とは水戸藩の比企《ひき》勢之助では？」

お紺のぽってりとした唇が、小さくわなないた。

「勢之助様をご存じでいらっしゃるのですか？」

「いかにも。勢之助はそれがしの剣術仲間にございます。近ごろ、ぱったりと稽古場に顔を見せなくなり、心配しておったところにございまする。まさか、勘当されておったとは……」

大袈裟に首を横にふる藤兵衛の前で、篤胤はあごのあたりをしきりに撫で始めた。

「ではお紺殿。勢之助殿は勘当されたのを境に神隠しに遭われたのですな？」

「さようでございます。『双子の弟が家督を継ぐ運びとなったから、俺の代わりに弟と祝言を挙げてくれ』と……。それきりなんでございます」

「しかし、それは神隠しと呼ぶより、行方知れず……」

藤兵衛が言い差したところで、篤胤はまた藤兵衛をにらんだ。

「勢之助殿は勘当を機に、こっそりと出奔でもされたのではございませぬか？」

「さあ、それはよく存じませんけれども……」

途端にお紺の口調があやふやとなる。

「お紺殿。神隠しとは、なんの前触れもなく、ある日いきなり、人がいなくなる様をいいます。されど、こたびの勢之助殿は勘当された旨を告げ、弟と祝言を挙げてくれと言い残されてから、いなくなっております」

篤胤は淡々と説き始めた。

「では、勢之助様は神隠しに遭われたのではない？」

「神隠しと思いたい、そなたの心情は分かりますが、おそらくなにかの事情があって姿を消されたのでしょう」

お紺は膝の上に目を落とした。

やがてキュッと握りしめた白い手の甲を、ポタリポタリと涙が濡らし始める。

篤胤はやりにくそうに藤兵衛を見やり、小さくあごをしゃくった。

（先生は女子の涙が苦手と見える。さて、いかがしたものか……）

藤兵衛はしばらく思案した後、話を変えた。

「それにしても、勢之助に双子の弟がおったとは知らなんだ。やはり、勢之助にそっくりな顔をしておるのでしょうか？」

お紺はキッと顔を上げた。

「いくらそっくりでも、あたしはいやです。あたしは勢之助様と祝言を挙げる日を指折り数えて待ってきたんです。勢之助様でなければ、ほかの誰の元にも嫁ぐ気はございません！」

おっとりとした見た目とは裏腹に、内に激しいものを秘めている娘のようである。

（やれやれ。俺の一言で、かえって火に油を注いだか？　大事にいたらぬ前に消し止めねば……）

「お紺殿。勢之助の件は、どうかこの浦野藤兵衛にお任せくだされ。元より勢之助とは剣術の稽古場仲間。仲間が行方知れずと知って、黙って放っておかれましょうか」

お紺の激しい形相が、みるみるうちにやわらいだ。

「まことですか？　藤兵衛様。勢之助様をさがしだしてくださるのですね？」

篤胤が渋い顔つきで藤兵衛をふりかえる。

しかし、藤兵衛もここまで来て首を横にふるわけにはいかなかった。

深くうなずいた藤兵衛を見届けるやいなや、篤胤は小さく天をあおいだ。

「よかった。たいていの相談ごとに力を貸してくださるという噂は、やはりまことだったのですね」

弾んだお紺の声をさえぎるように、篤胤が尋ねた。

「お紺殿、その噂はいったいいずこで？」

「品書きに挿絵のある蕎麦屋でございます」

篤胤はまた小さく天をあおいだ。

第二章　心中一件

一

行きつけの蕎麦屋でひとしきり蕎麦を啜ったあと、藤兵衛は腹ごなしに男坂を上って湯島天神の境内をそぞろ歩いた。

梅の花の見ごろになると、やたらとにぎわう境内も今は落ち着いている。しだいに秋の気配が近づき、吹く風にもそこはかとなく冷たさが混じる。

しかし、元来暑がりで寒さ知らずの藤兵衛には、むしろ気持ちのよい風だった。

ちょうど男坂と女坂の両方を上がりきって交わるあたりまで来て、藤兵衛は後ろをふり返った。

眼下に茶店や見世物小屋の屋根が並び、遠くには不忍池がすっきりとした佇まいを見せている。

およそ風流とは程遠い藤兵衛も、このながめは気に入っていた。

「まことに清々しいながめだのう」

心地よく悦に入っているところへ、急に篤胤のつけつけとした物言いがよみがえってきた。

――このいぶきのやはよろず相談にあらず。ましてや、人さがしなどもってのほか！　なにゆえ、やすやすと引き受けたのだ？――

一昨日、祝言を間近にひかえながら勘当され、行方をくらませた剣術仲間の勢之助をさがしだすと約束した件で、さんざんなじられたのである。

約束をした相手は、お紺という名の十六、七の娘。藤兵衛にとって初対面の娘ではあったが、恋しい男をさがし求めるいちずな目つきに、どうにも捨ておけぬ情を抱いた次第だった。

「決してやすやすと引き受けたわけではない。むしろ、困りはてておる者をむざむざと捨ておけるほうがどうかしておる。あれほど、ねちねちと同じ叱言をくり返さずともよいものを。なんと執念深い……」

藤兵衛は篤胤のやたらと耳につく声をはらうように首をふった。

――まだ七生舞の絵も仕上がっておらぬというに、人さがしなどしておる暇がいったいどこにあるというのだ？――

「ええい、分かっておりまする。分かっておりまする、というに。しつこいお人だ」

首をふるだけでは足りず、うるさい蠅を追いはらうように手をふり回す。

すると後ろから、「まあ、藤兵衛さん。こんなところでなにをしてらっしゃるの？」といきなり声をかけられた。

見れば、篤胤の娘のお長が不思議そうな顔で藤兵衛を見つめている。

「ひゃあ、お長殿。言われなくとも今まいるところでございまする。少々、腹ごなしの散歩を。なに、絵筆を持ちながら眠気がさしては具合が悪うございますゆえ」

てっきり七生舞の絵を急かされて呼びに来られたのだとばかりに言いわけを並べていると、お長はますます不思議そうな表情になった。

「絵筆ですって？　死体の絵でも描くように頼まれたんですか？」

（はて、死体の絵？　さようなものを頼まれた覚えはないが？）

「お待ちくだされ、お長殿。それがしは七生舞の絵の件について申し上げておるので……。死体とはなんの話にござるか？」

「あら、やだ。藤兵衛さん。今まいるところだって言うから、てっきりもう知ってるのかと思いました」

そこでお長は急に声をひそめた。

「心中よ、心中。神田川で男女の死体が上がったんです」

心中は相対死と称され、享保の時代からご法度だった。

万が一、死にきれずに生き残れば、三日は晒《さら》し者にされたうえ、非人の身分に落とされる。

それでもなお男女の情死は後を絶たず、さほど珍しいものでもなかった。

「心中とはまた穏やかならぬものがございますなあ。よほどさし迫った事情でもあったのでございましょうか？」

「藤兵衛さん、なにを悠長にかまえてるの。お紺さんが亡くなったのよ！」

藤兵衛の頭に、先日のお紺の一途な目つきが浮かんだ。薄物の小袖に包まれた、はちきれんばかりの丸い腰も……。

「なんと！　あのお紺殿が心中？　して、相手は誰なのでございますか！」

「それが比企勢之助様とかおっしゃるお武家様らしくて……。今、お父様がたしかめに神田川へ向かったところです」

藤兵衛はさらに驚いた。

「なんですと？　それはおかしゅうございまする。比企勢之助は、それがしの剣術仲間にして、行方知れず……。そもそも勢之助をさがしてくれと頼んだは、お紺殿なのでございますぞ。そのお紺殿が、なにゆえ勢之助と心中を？」

藤兵衛は、ぐいとお長に詰め寄った。

「そんな、いっぺんに……。あたしに聞かれたって困ります」

「さようでござるな。お長殿を問い詰めるはお門《かど》ちがいというもの。申し訳ござらぬ」

いつになく顔を赤らめているお長に、藤兵衛はいさぎよく頭を下げた。

「して、お長殿。先生はすでに神田川へ向かわれたのでござるな？」

お長がうなずくと、藤兵衛はキリリと眉根を固めた。

「藤兵衛さんも今から神田川へ？」

「先生が発たれたと聞いた以上、弟子のそれがしがかようなところで油を売っているわけにはまいりませぬ。さいわい、腹ごなしもじゅうぶん済ませたところゆえ……。なあに、すぐに追いつきまする」

（いつも書物とにらめっこで、ろくにものも食っておらぬような先生に負けてたまるか。俺のほうが早く着いてみせるぞ）

豪快に笑う藤兵衛を、お長がややまぶしそうな目で見つめている。

藤兵衛は一礼すると、今上がってきたばかりの男坂を一気に駆け下りた。

二

神田川の南側に広がる土手は柳原土手と呼ばれ、にぎやかな両国広小路から橋本町を抜けて西へ行くほど、うら寂しくなっていく。

心中した男女の水死体が上がったのは柳森神社の近くだった。

藤兵衛が着いたころには、遺体にはすでに筵《むしろ》がかけられていた。

自身番や奉行所の役人たちによって一とおりの検分も終わっていたようで、筵に群がろうとする人だかりを役人たちが厳しく追いやっている。

「これではなかなか近づけそうにないのう。さて、どうしたものか？」

独りごちながら遠巻きにながめているうち、藤兵衛は役人たちの中にふと見覚えのある姿をみつけた。

「やや、先生！　なんと、俺より先に……」

覚え書き帖を手にした篤胤は、しきりに手を動かしてなにかを書き留めている。

着いてからすでにかなり経っている様子である。

（なんと脚の速い……。なかば枯れかかった身体のくせして……）

藤兵衛が呆気に取られていると、篤胤はなにかを感じ取ったように、ふいに手を留めた。覚え書き帖から目を上げて、じっと藤兵衛を見ている。

「は、よ、う、せ、い……。なるほど、早ようせいとおっしゃっておるのだな」

藤兵衛は遠くから篤胤の口の動きを認めると、人垣をかき分け、篤胤の元へ急いだ。

「わしはまだ枯れてはおらぬし、枯れかかってもおらぬぞ！」

開口一番、篤胤はいつものつけつけとした物言いで藤兵衛を叱りつけた。

「めっそうもございませぬ。誰が枯れかかっておるなど……」

「お前の顔にしかと書いてあるわい」

藤兵衛は慌てて自身の顔を撫で回した。

「さように無駄な検分は後にせい。今から遺体をあらためるぞ」

篤胤はにべもなく言い放つと、藤兵衛に覚え書き帖と筆を押しつけた。

「いや、先生。遺体をあらためるなど、さように勝手なまねをしてよいのでございますか？」

藤兵衛が覚え書き帖を手にためらっていると、役人たちの間から一人の岡っ引きがのしのしとこちらに進み出てきた。

見上げるような大男で、藤兵衛はしばし口を半開きにして、その風貌にながめ入った。やせて見えるが、なかなかに筋骨の張った体軀。くわえて一癖も二癖もありそうな顔つきである。

（なんと目つきの悪い……。岡っ引きの格好はしておるが盗賊と名乗ったほうがしっくりくるわい）

「さよう。この門倉重八《かどくらじゅうはち》は元盗賊なのだ」

藤兵衛の胸の内を察したかのように篤胤が重八を指した。

「なんと、それがしはまだ一言も……」

篤胤はにこりともせずに続ける。

「今は改心して岡っ引きをしておる。わがいぶきのやの門人だ」

「さようにございましたか。では、同門にございますな。それがしはついこのごろ入門したばかりの浦野藤兵衛と申しまする。どうぞお見知りおきを……」

重八はギョロリとした目で藤兵衛を見下ろすと、面白くなさそうにカッと痰を吐いた。

「だいたいのところは先生から聞いてるよ。で、先生、仏さんの姿をあらためてえってかい？」

藤兵衛と篤胤がうなずくと、重八は筵の前でかまえている役人になにやら耳うちをしに走った。

役人の鋭い目が飛んでくる。

やがて、重八はあごをしゃくって藤兵衛と篤胤を呼んだ。

「この仏さんを最初にみつけたのは俺なんだ。遺体にゃあ指一本触れねえって約束で、どうにか話はつけた。先生、手短に頼みますぜ」

小声で告げる重八に、篤胤は目でうなずく。

遺体にかけてあった筵が、勢いよくめくられた。

「勢之助！　お紺殿！」

思わず声を上げた藤兵衛を役人がにらむ。

篤胤は、藤兵衛の着物の袖を引っぱってかがみ込んだ。

水死体のわりには、二人の遺体は水を含んでいなかった。その分、死にざまは生々しく、二人はともに苦悶の表情を浮かべていた。

両手を合わせておがむふりをしながら、篤胤は針のような目つきで遺体の様子をうかがっている。

藤兵衛も慌てて手を合わせ、遺体をおがんだ。

勢之助とは行方知れずとなって以来の対面である。

(久しぶりの対面が、かような形で叶うとは……。勢之助、しばらく見ぬ間にやつれたか？)

剣術の稽古場でともに汗を流していた頃の、闊達とした勢之助の面影はなかった。たしかに勢之助の姿形はしているものの、別人のような風情である。

お紺も同様に、三日前のはちきれんばかりの勢いは失せていた。乱れた髪が首筋に細かく貼りつき、そこだけがまるで生き物のように黒々とした光彩を放っている。

お紺の喉元には刺し傷の痕があった。

(はて、刺しちがえて果てたのであろうか……)

藤兵衛は勢之助のほうの遺体に目を移した。

どうやら切腹をした後らしく、着物の上が大いに着崩れている。上半身が生々しくはだけており、肌の色が蠟を塗ったように白かった。

(まさか、お紺殿が介錯なさったわけではあるまい)

「さあ、もう存分に別れを告げたであろう。行け！」

藤兵衛がまだ二つの遺体についた切り傷の位置を書き留めている間に、役人がバサリと遺体に筵をかけた。

篤胤はポキリポキリと膝を鳴らして立ち上がり、役人に向かって頭を下げた。

「藤兵衛。しかと見たか？」

頭を下げながら、押し殺した声で尋ねる。

「はい、しかと見ました。しかし、あれは……」

続けようとする藤兵衛を、篤胤はすばやく制した。

「しっ。よう分かった。わざわざ聞くまでもなかったのう。おそらくは、わしと同じような思案でおるのだろう。顔にしかと書いてある。分かりやすい奴じゃ」

「は？　顔？　また、それがしの顔に肚の内が？」

しきりに顔を撫で回す藤兵衛を、篤胤は苦虫を嚙みつぶした顔で一瞥した。

「重八、なにか書き置きなどは残っておらぬのか？」

筵のかかった遺体を射るような目で見ながら、傍らに立っている重八に尋ねる。

「男のほうは辞世の句を残しておりやすね。女のほうはなにも……」

「して、辞世にはなんと詠まれておった？　覚えておるか？」

重八は口元をゆるませ、不敵な笑みを浮かべた。

「この重八、一度見たもの、聞いたものはめったなことじゃあ忘れねえ。そこんところの才を買われて、この稼業についたんでさあ。しっかり、そらで覚えてますぜ」

すぐにも辞世の句を唱えようとする重八を制し、篤胤は藤兵衛を呼んだ。

「藤兵衛。覚え書き帖に書き留めよ」

まだ顔を撫で回していた藤兵衛は、慌てて覚え書き帖をかまえた。

「のぞみあひて　ちぢにものこそにくまざる　ゆくすえちかふ　くひなきよなれば」

抑揚のない一本調子で、重八は勢之助の遺した辞世を唱えた。

「きっちり揃えられた履物の上に添えられてましたがね、あっしが思うに、こいつあ、なまはんかな心中じゃありませんぜ。心中に見せかけた殺しか、あるいは……」

重八は、挑むような目つきで筵のほうに目をやった。

「殺しに見せかけた心中か……」

三人はしばらく黙りこんだ。

川べりから湿気を帯びた風が、生ぬるく吹いて三人の顔を撫でた。

三

いぶきのやに堀田《ほった》伝右衛門《でんえもん》と名乗る男が訪ねてきたのは、神田川心中の一件があってからしばらくのことだった。

「聞かぬ名じゃ。して、用向きは？」

「それが……、例の心中の件でお父様にご相談したいと……。どうやら、お紺さんのお父上らしいのです」

七生舞の絵の続きを描いていた藤兵衛の絵筆がピタリと止まった。

さすがの篤胤も聞き書きの手を止めて、お長をふり返った。

「まことか？　まことにお紺殿の……？　なにゆえ、このいぶきのやに？」

動揺しているのか、普段より語気が強く、怒っているようにさえ聞こえる。

お長も負けじと語気を強める。

「分かりません！　例の心中の件を不審に思い、いろいろかけ合ってみたところ、どこにも相手にしてもらえず、やむなくこちらへ……とのことです」

「なんと間の悪い……。わしはもうあの一件からは手を引くつもりでおったものを」

篤胤は筋ばった手で、自身の顔を覆った。

「なんで手を引くんだよう。あれほどすっ飛んで死体をあらために行ったくせによう」

それまで半眼で神仙界の様子を語っていた寅吉が、一転して口をとがらせた。

「なにやら、ひどく面倒な事態になりそうな気がするのだ。とてもわしの手に負えぬ事態にな」

筋ばった手の下から、篤胤のうめき声にも似たいいわけが漏れる。

「へえ、ここまできて逃げるのかよ？　そいつはまったく先生らしくねえなあ。どんな事態になろうが、いったん興を引かれたら最後、とことんまで追いつめるのが、大角先生の心意気ってもんじゃなかったのかよ？」

ひとたび火のついた寅吉のへらず口は留まるところを知らなかった。

「人にはよう、どうにも果たさなきゃならねえ天命ってもんがある。お紺さんが亡くなる前《めえ》にここを訪ねてきて、先生がたまたまお紺さんの話を聞いてやったのも天命さ。それを面倒だからってケツ巻くって途中で逃げだすようじゃあ、天命に逆らってるのとおんなじだぜ。おいらの大角先生は、そんな情けねえ先生じゃあなかったはずだがなあ」

「ええい、うるさい！　少しはそのよく回る口を閉じて黙っておれ。ろくな思案もできぬわ」

「へええ、この期におよんでなにを思案しなさるのさ？　たやすい話だろ？　お紺さんの親父殿に会うのか、会わねえのか。二つに一つだろうが？」

「ああ、分かった。分かった」

篤胤はとうとう筋ばった手をのけて、渋面をのぞかせた。

ポキリポキリと膝を鳴らして立ち上がる。

「藤兵衛。なにをしておる？　そなたもともにまいれ」

所在なく絵筆をもてあそんでいた藤兵衛は、驚いて顔を上げた。

「それがしも……でございますか？　では七生舞の絵は？」

「寅吉の申す天命とやらを果たしてからだ。まったく厄介なものに見こまれたものよ。それもこれも、元をただせば蕎麦屋のせい。ええい、いまいましい蕎麦屋め。わしはもう金輪際、蕎麦は食わぬぞ」

篤胤は小さく畳を蹴った。

「おっと先生。罪もねえ蕎麦屋に八つ当たりしちゃあ、いけねえなあ」

「八つ当たりなどしておらぬわ！　寅吉、お前もあまりに口が過ぎると、ろくな目に遭わぬぞ」

にらみつける篤胤に、寅吉は「おお、怖《こわ》ッ！」と口をふさいだ。

「藤兵衛！　まいるぞ」

いつになく荒々しい篤胤のかけ声に、藤兵衛はいそいそと立ち上がった。

ぬかりなく覚え書き帖をたずさえる。

先日、柳原土手で勢之助の辞世を聞き書きした書きつけである。

たしかに辞世の句ではあるものの、藤兵衛にはいまだに勢之助の心中死が信じられなかった。

（心中とは、この世で結ばれぬ運命《さだめ》の男女が来世を誓うて果たすもの。なにゆえ祝言間近の男女がわざわざ心中せねばならぬのか？　そもそも不可解でならぬ）

――これは心中に見せかけた殺しか――

――殺しに見せかけた心中か――

元盗賊の岡っ引き、門倉重八の言葉がよみがえる。

藤兵衛はゴクリと唾を呑んだ。

（もしも、殺しだとすれば、誰がなにゆえ二人を殺したのか。それを知るのも寅吉の申すところの天命か？）

「藤兵衛、わしらはただ、お紺殿のお父上の話を聞くだけじゃ。最後まで聞いて、つとめをまっとうするまで。くれぐれも余計な頼まれごとを引き受けたりしてはならぬぞ」

藤兵衛は、お紺から勢之助さがしを引き受けたばかりに、篤胤にねちねちと説教された経緯を思い出した。

「もちろんにございまする。この藤兵衛、しかと承知しましてございまする」

胸を張る藤兵衛を、なぜか寅吉が意味ありげな笑みを浮かべて見つめていた。

四

堀田伝右衛門は下谷長者町に店をかまえる小間物屋の主で、恰幅のいい男だった。大きな商家の主らしく腰は低く、いかにも人当たりのよい柔和な顔つきをしている。裕福な生活をしているのだろう。肌つやもよく、とても五十過ぎには見えなかった。

部屋に入ってきた篤胤と藤兵衛を見るや、伝右衛門はうやうやしく頭を下げた。

「突然おうかがいしまして、とんだ無礼をお許しくださいませ。じつは、先日亡くなった娘のお紺が、生前こちらでお世話になったようだと聞きつけまして……」

なにか相談ごとを抱えてやってくる者につきものの、しがみつくような勢いは感じられない。

篤胤は静かに、伝右衛門と向き合った。藤兵衛も篤胤の後ろにひかえて座る。

しばらくは、生前のお紺をめぐっての話が続いた。

「お紺は自慢の娘ではありましたが、なにしろ、相手は水戸様のご家臣。つり合いというものがございます。そこで、行儀見習いに出しておりました大名家に大金を積んで養女にしていただき、どうにかつり合いを取って輿入れを……」

年齢《とし》がいってからようやくできた一人娘を武家に嫁がせる苦心を、伝右衛門は切々と述べた。

篤胤はうなずきながらも、表情一つ変えない。

藤兵衛は伝右衛門の話を逐一、覚え書き帖に書き留める。

落ち着いていた伝右衛門の声がにわかにうわずりだしたのは、勢之助が比企家から勘当を言いわたされる段になってからだった。

「なんでも夏雲《なつぐも》とかいう花魁《おいらん》をめぐって騒動になりましてね、謹慎の末、勘当を言いわたされたというのです」

(なんと、勢之助は吉原の花魁と馴染みになっておったのか。それは知らなんだ。勘当になった旨はお紺殿から聞いたが、さような経緯があったとは……)

藤兵衛は内心驚き、前に座っている篤胤の様子をうかがった。

「して、伝右衛門殿。その騒動とは、いかなる騒動ですかな?」

背筋をしゃんとのばしたまま、篤胤が尋ねる。

伝右衛門は、心持ち声をひそめて語りだした。

「その夏雲がひどく勢之助様に惚れこんでおったようでして、勢之助様以外の客は贔屓の客も含めて、すべて袖にしたというのです。その贔屓の客の中に、勢之助様を面白く思わぬ客がおったらしく……」

「お待ちくだされ。では、勢之助は吉原で花魁遊びを？」

後ろからいきなり話に割って入った藤兵衛を、篤胤はふり向きざまににらんだ。

「勢之助はたしかに芸事を好んではおりましたが、さほどに派手な遊びをするような者ではございませんでしたよ」

篤胤ににらまれて小さくなった藤兵衛は、所在なさげに亡くなった友人の申し開きをした。

「おや、そちらのお弟子様は、勢之助様をご存じで？」

伝右衛門の目が藤兵衛に注がれる。

「いかにも。勢之助とそれがしは剣術の稽古場仲間にございました」

「ほう、剣術の……。勢之助様も剣術やら芸事やら、いろいろとお盛んだったようですな」

さほど興をそそられなかったらしく、伝右衛門はふたたび篤胤に向きなおった。

「それで、夏雲に袖にされた贔屓客の話ですが……。どうやらその客がなにか比企家にはたらきかけたらしいのでございます。なにがあったかは存じませんが、比企様はすぐに勢之助様に勘当を言いわたされまして……。あたしは、正直、これでこの話も破談になるかと思ったのです」

伝右衛門は、ここでグイッと膝を詰めた。

「ところが、勘当された勢之助様の代わりに弟の辰之助《たつのすけ》様を……とおっしゃるじゃありませんか」

「まさに、お紺さんもその件で、こちらに相談に来られたのです」

伝右衛門は瞑目して首を横にふった。

「さようでございましたか。お紺も勢之助様の一件では心を痛めておったのでしょうな。それを『あちらが駄目なら、ではこちら』などと、まるで代用品のようにあてがわれて……」

しばらくはしんみりとした沈黙が流れた。

「先生、お紺は殺されたのでございます」

伝右衛門の口から静かな怒りを溜めた声が漏れた。

さすがの篤胤も動揺したのか、小さく息を呑む気配がした。

その後ろで藤兵衛も息を呑み、口元を押さえた。

「しかし、あれは心中……。相対死だったのでは……」

篤胤の言葉をさえぎるように、伝右衛門が声をはる。

「とんでもない！　あれは心中なんかではございません。お紺は殺されたのです。比企家に……、比企家の放蕩息子ともども厄介ばらいをされたのでございます！」

それまで溜めていた怒りが一気に噴き出したのだろう。伝右衛門の目は興奮のあまり、異様な輝きをおびて光っている。

「それも……。あのような形で娘を殺されたうえ、比企家からは一切の説明も詫びもないのでございます！」

篤胤はいくぶん身を引き、たたみかける伝右衛門を制した。

「しかし、まことに比企様がお紺殿を殺められたとあらば、お上からお咎めが……」

「当てになりません！　現に、あたしがどんなにかけ合ったって、お役人様は取り合ってくださいませんでした」

ふたたび沈黙が流れる。

嗚咽をこらえる伝右衛門は、うなりともうめきとも取れる苦し気な声を漏らし続けている。

藤兵衛は、前もって余計な口をはさむなと口止めされている手前、黙ってうつむいているよりほかない。

まるで根競べのように長く、耐えがたい沈黙だった。

とうとう根負けしたのか、やがて篤胤が口を開いた。

「たしかに、お紺さんと勢之助さんの心中にはうなずけぬところが多々ございました。まずは勢之助さんの腹の傷です。あれはどう見ても切腹の痕だ。しかし、お紺さんが介錯をなさったとはとても思えません」

伝右衛門が驚いた顔で篤胤を見つめる。

「先生は、二人の遺体をごらんになったんですか？」

「お紺さんが生前、このいぶきのやをよろず相談とまちがえて来られたのもなにかの縁。のがれられぬめぐり合わせを感じ、遺体をあらためにまいりました」

伝右衛門は、呆けたように篤胤の顔をながめている。

「して、先ほどの続きですが……」

篤胤は巻物でも読み上げるかのように続けた。

「勢之助さんは書き置き……、辞世の句を残しておったのに、お紺さんはなにも残しておられなかった。つまり、あの日、お紺さんはあらかじめ死ぬつもりはなかったのではと……」

伝右衛門はハッとわれに返って、懐から一葉の紙を取り出した。

「そういえば先生、あの後、お紺の部屋からこんなものが出てまいりましてね。どうやら、勢之助様からのお文のようなんです」

「ずいぶんと右上がりな……。癖のある手蹟ですな」

伝右衛門から受け取った紙に目を落とすなり、篤胤はつぶやいた。

藤兵衛も後ろから身を乗り出してのぞきこむ。

「先生、これはたしかに勢之助の手蹟です。まちがいございませぬ」

藤兵衛は剣術の稽古場で、何度か勢之助の書いた文字を見た覚えがあった。伝右衛門が懐から出してきた紙は、まぎれもなく勢之助からお紺に宛てた文だった。

「どうやら、柳原土手で逢引きの約束のようですな。しかし、この文だけでは心中のために呼び出されたのかどうかは分かりませぬぞ」

たしかに文面からは心中を匂わせるようなところは見当たらない。藤兵衛は何度も文を目で追い、首をかしげた。

「先生、やはり二人は心中するつもりなど毛頭なかったのではございますまいか？　勢之助が残したという辞世の句は、後から誰かが細工して……」

文を読み入っているのか、篤胤からの返事はない。向かい側では、伝右衛門が食い入るように篤胤の顔を見ている。

やがて静かに篤胤が申し出た。

「伝右衛門殿、この文をしばらく預からせてもらえませんか？」

藤兵衛は思わず耳を疑った。

「先生、預かっていかがされるおつもりで？　あれほど余計な頼まれごとは引き受けるなと……」

篤胤はまたふり向いて藤兵衛をにらんだ。

「この文を預かるは、頼まれごとにあらず。わしが自ら預かりたくて預かるのだ」

伝右衛門がすがるような目で篤胤を見る。

「先生、なにかお力を貸していただけるのでしょうか？」

篤胤は伝右衛門に向き直ると、居ずまいを正した。

「伝右衛門殿、わしはただ自ら欲するところにしたがい、文を預かりたいと申したまで。そちら様の力になれるかどうかは天のみぞ知るところにございます。さて、いかがされますかな？」

伝右衛門はきっぱりと眉根を固めて頭を下げた。

「されば、この伝右衛門も自ら欲するところにしたがいまして、先生に文をお預け申し上げます」

篤胤は深くうなずくと、文を懐にしまった。

藤兵衛は二人のやり取りをぽかんと口を開けてながめるばかりだった。

五

「先生、さような文など預かってよろしいのでございますか？　それがしにはあれほど余計な頼まれごとはならぬと念を押しておられましたのに……」

藤兵衛が恨み言めいた口調で篤胤に問うと、篤胤は無言でチロリと藤兵衛をにらんだ。

相変わらずの無表情で、気分を害したものかどうかも分からない。

「お里勢、今宵は夕餉はいらぬ」

台所にいるお里勢にいいつけるや書斎にこもり、ピタリとふすまを閉ざした。

一部始終を見ていたお長が、「藤兵衛さん、文ってなんですか？　お父様は伝右衛門さんからなにか預かったんですか？」と不思議そうに首をかしげる。

「いいえ、なに、勢之助が生前にお紺殿に宛てて書いた文ですよ。柳原土手で逢引きの約束がしたためられていました。今さら、さような文など預かったとていたし方なきものを、先生自ら預かるとおっしゃいまして……」

お長は意味ありげに小さく笑うと「なるほど、それで分かったわ。お父様が夕餉を召し上がらないわけが」とうなずいた。

「それがしにはさっぱり分かりませぬ。お長殿、そのわけとはいったいなんなのでござるか？　先生はどこか具合でも悪くなられたのでしょうか？」

お長は笑みを浮かべたまま、「いいえ」と首をふった。

「おそらく、お父様は今宵一晩かけて、そのお文と心中なさるおつもりなのです」

「なんですと？　それは一大事！　このうえ先生にまで死なれては……」

思わず片膝立ちになった藤兵衛をお長が慌てて制する。

「もののたとえですよ、藤兵衛さん。落ち着いて。お父様はそれこそ心中するほどの思いをかけて、そのお文と向き合おうとなさっているのです」

（はて、分かったような、分からぬような……）

藤兵衛は腑に落ちぬまま、座りなおした。

「先生は夕餉も召し上がらず、かようによく部屋にこもられるのですか？」

「ええ。いったん想がつくとお父様は己でも己を止められないのです。たぶん伝右衛門さんから預かった文を見て、お父様になにか想が湧いたのでしょうね。今宵は、とことんその想を追いつめるおつもりなのでしょう」

「それがしにはよう分かりませぬが、学者とはさように面倒な性分なのでしょうか？」

お長は鼻をくしゃりとさせて笑ったまま、「お母様、今宵はねり酒を用意したほうがよさそうですね」と、台所にいるお里勢に声をかけた。

「ええ、もうとっくに始めてますよ。お長さんもいらっしゃい」

お里勢ののびやかな声が響く。

いそいそと台所に向かうお長のうしろ姿は、お里勢のうしろ姿によく似ていた。

(血はつながっておらずとも、ともに暮らしておれば、おのずと似てくるものなのだろうか)

はたからみれば、仲のよい母娘にしか見えぬお里勢とお長だったが、お長の実の母は数年ほど前に他界している。

その事実をつい最近知り、藤兵衛は驚いたのだった。

お長の実の母で、篤胤の前妻の名は織瀬。後妻にきたお里勢は元はおりよだったが、あまりに前妻を慕っていた篤胤を慮《おもんぱか》って、お里勢（織瀬）と名乗るようになったのだということ。

――お父様が神仙界や幽冥界にとても執着されるのも、もしやそこで亡きお母様に再会できる……とお考えになっているのかもしれません――

(お長殿はさように話しておったが、前妻の名まで名乗るとは……。お里勢殿はそれでよしとされておるのでござろうか)

「お長さん、まだよ。卵をもう少し練ってからお酒を……」

台所からは仲むつまじげな母娘の会話が聞こえてくる。二人でねり酒を燗にしているらしい。

(はて、ねり酒とはいかような酒か。具合の悪い時に飲むものと聞いた覚えがあるが……)

しばらくして、お長とお里勢がねり酒の入った織部を運んできた。

「お父様は夕餉の代わりに、こちらをたしなみながら、一晩かけて思案をなさるのです。藤兵衛さんもいかが?」

「いやいや、それがしはさようなまで熱心に思案などしたためしはござらぬゆえ……」

藤兵衛は遠慮しながらも思いなおし、「いや、では、せっかくでございますから、それがしもいただきまする」と、ねり酒を口に含んだ。

「や、甘味が入っておるのでございますな。これはまた絶妙な風味……」

「ええ、卵をお酒で割ってから、お砂糖を少々入れてありますの。あの人は、少々甘いのが好みなのです」

お里勢がにこやかに説明する。

ねり酒のまろやかな風味を舌の上で転がしているうち、藤兵衛は腹の底がほかほかと温まってくるのを感じた。

「たしかに身体が温まって、よい心地でござる。しかし、夕餉も取らずによく続きますな」

お長とお里勢は顔を見合わせて笑った。

「お父様は一度夢中になると、ほんとに寝食を忘れてしまうんです。珍しい書物が手に入ったときもそう。読みこなすまで何日もずっと部屋にこもって、部屋から出てくるなり倒れたり……。きっと書物に精を取られてしまうのね」

お長は小さく苦笑いをする。

藤兵衛は篤胤の部屋に据えてある、珍妙な形の文机を思い起こした。

「ひとつ尋ねてよろしいか？　先生の部屋にある文机には、なにゆえ、妙な穴が開いておるのでござるか？」

お長は思い当たったように「ああ」とうなずく。

「あれは、ひじ当てなんです。こうしてひじをついて寝ずに書物を読みふけっていると、ひじが痛むのですって。だから、ちょうどひじの当たるところに穴を開けて、ひじ当て用の布を張っているの」

「なんと、それは初耳にござる。さほどなまでに夢中に書物を？　たしかに、それでは精を取られるのも無理はありますまい」

藤兵衛は感心してうなった。

ねり酒をちびりちびりと口にしながら、夜っぴて書物と向き合う篤胤の姿を思い浮かべる。

「お父様が夜なべをなさるのは、読書だけではないんです。書き物とか、考えごととか、ね」

「はて、身体に障らねばよろしいが……」

「藤兵衛さん。この一件、とても面倒な一件になりそうよ」

苦笑いをする藤兵衛に、お長が急に声をひそめた。

「なにが面倒って、お父様に想が湧いちゃったんですから」

藤兵衛はお長の言わんとしているところがよく解せなかった。

「一晩明ければ、想は落ちるのではございませぬか？」

「とんでもない！　これはほんの始まり。この一件が落着するまで、お父様は想に取りつかれたまま、周りをふり回します。これだったらまだ、七生舞に取りつかれていてくださったほうがまし」

藤兵衛は篤胤の七生舞に対する異様な執着を思い出した。

(先生は夢中になると、こわい人ゆえ……)

「お長殿、いまひとつ尋ねてよろしいか？　先生にふり回されるとは、いったい誰が？」

お長は口元を押さえて、くすくすと笑った。

「もちろん藤兵衛さんに決まってるじゃありませんか」

藤兵衛は、ゴクリと唾を呑んだ。

「寅吉が言ってました。先生と藤兵衛さんは一度会ったからには、離れられないご縁だって」

(そういえば、『腐れ縁』とかなんとか申しておったな)

藤兵衛は寅吉の得意げな顔つきを思い出した。

「あんな小生意気な小僧の夢見が当たるとは思えませぬし、当たってほしいとも思いませぬが……」

「あら、寅吉はたしかに へらず口で鼻持ちなりませんけど、あれの夢見はたしかなんですよ。前にも……」

「いや、結構。あの小僧の話はもう結構にございまする」

藤兵衛がお長を制すると、横からお里勢がねり酒を注ぎ足した。

「この一件は長丁場になりそうですから、藤兵衛さんも、もっと精をつけておかなくちゃいけませんね」

お里勢のふっくらとした笑みにつられるように、藤兵衛はまたねり酒を口にふくんだ。

ほんのりと甘い酒が腹の底から身体を温める。

「藤兵衛さん、お父様をよろしくお頼みします」

お長が急に真顔になって、頭を下げる。

「お長殿、さような挨拶はどうかやめてくだされ。それがしは、そなたによろしく頼まれるような器ではござらぬゆえ」

「いいえ!」

お長は、きっぱりとした声で遮った。

「あたし、初めてお会いしたときから分かってました。『あ、この人だ』って。藤兵衛さんは、それだけの器を持ったお方です」

お長のまっすぐな瞳にたじろぎ、藤兵衛はねり酒をふくんだまま目をそらした。

甘みのあるまろやかな風味が口の中いっぱいに広がっていた。

六

長丁場になりそうだというお長の読みは当たっていた。

あれから篤胤は三日三晩かけて部屋にこもり続けた。

ときおり、水を飲みに部屋から出てはくるものの、飯はほんのわずかしか口にせず、もっぱらねり酒のみで生き長らえているかのようだった。

やせた身体にまとった着物が、日に日にかさばっていくようで、さすがの寅吉も篤胤の身を案じ始めた。

「あれじゃぁあ、まるで巣についた鶏みてえだなあ。飲まず食わずで卵を抱いて、羽ばっかりふくらませてよう」

「なんと、先生は卵を抱いておるのでござるか?」

「なにをぬかしてんだ。もののたとえも分からねえのか。先生が抱いていなさるのは卵じゃねえよ。想さ」

寅吉はピタリと閉ざされたふすまにキラリとした目をやった。

すると、まるで図ったかのようにふすまが開き、寅吉と藤兵衛は思わず「わあ」と声を上げた。

「水をくれ」

久しぶりに部屋から出てきた篤胤は、目ばかりギラギラと輝かせていた。

身体が一回りも小さくなったようで、着物の衿が大きく抜けている。

「まことに巣についた鶏のようだのう」

藤兵衛が見守るなか、篤胤はお長が茶碗に入れてきた水を喉を鳴らして飲み干した。

次はお里勢が運んできた粥を物も言わずに啜りだす。

「ひなは孵ったのでござろうか？」

藤兵衛が尋ねると、寅吉は「いや、まだだな」と首を横にふった。

「まだ、しっかりと抱いていなさるさ。例の文をここに……」

寅吉は難しい顔をしながら、自身の懐を軽くたたいてみせた。

「伝右衛門さんから預かった文にござるな。あの文にいったいどんな想が……」

藤兵衛が言いかけたやさき、表からせわしない足音が響き、岡っ引きの門倉重八が飛びこんできた。

「重八殿！　さように慌てて、なにか急用にござるか？」

驚く藤兵衛たちを尻目に、重八はのしのしと篤胤のもとに歩みよって耳うちした。

篤胤は顔色ひとつ変えずに、粥の入っていた木の椀を静かに置いた。

それからしばらく思案にふける様子を見せた後、ポキリポキリと膝を鳴らして、やおら立ち上がった。

「支度せい、藤兵衛。行くぞ」

まるで、はじめから重八がなにかを告げにくると分かっていた様子である。

しかし、藤兵衛にとってはまったく寝耳に水の事態だった。

「今からでございますか？　いったいどちらに？」

あわてる藤兵衛を寅吉がたしなめる。

「ジタバタするなよ、いんちき侍。先生が行くっておっしゃってるんだ。黙ってどこへでもついて行きやがれ」

他人事のように笑って藤兵衛の背中をたたく。

そうこうしている間に、篤胤はすばやく身支度を整えていた。

とても、つい先ほどまで巣についていた鶏には見えない。

「ほんとはあっしがついていきてえところですが、かえって目立っちゃいけねえ。藤兵衛さんよう、くれぐれも先生を頼みますぜ」

重八がギョロリとした目で藤兵衛を見つめる。

よく分からぬままに返事をし、藤兵衛は転げるように篤胤の後をついていった。

「承知。しかと心得た」

七

両脇に町屋が建ち並ぶにぎやかな下谷広小路を篤胤は脇目もふらずに歩いていく。

前のめりで、ふわりふわりと宙を踏むような独特の足取りである。

しかし、小走りにならねばついていけぬほどの速さで、藤兵衛は驚いていた。

(珍妙な足はこびのくせして、なんという速さ。しかし、負けるわけにはゆかぬ。武士の沽券《こけん》にかけて)

向こうからやってくる、上野の山へと向かう人並みを篤胤はひらりひらりとかわしていく。

藤兵衛もならってかわそうとするのだが、どうにもうまくいかない。

(はて、先生は人よけの術でも身につけておられるのだろうか? なにゆえ、あのようにいともたやすく……)

すれ違いざま道をふさいだり、ふさがれたりするたび、藤兵衛は舌うちをした。

篤胤は広小路を抜けて、長者町へと出た。

表通りに町屋は並んでいるものの、人通りは少ない。

「先生、いったいどちらへ？」

篤胤は返事もせず、急に吸いこまれるように一軒の大店へと入っていった。

店の奥には小抽斗のついた薬棚が整然と並んでおり、なにやら難しげな薬の名の書かれた貼り紙がところどころに貼られている。

店先では、丁稚らしき小僧が、薬研《やげん》を使ってなにかを懸命にくだいている。

「薬……でございますか？　先生、どこか具合でも悪くされたので？」

篤胤は顔をしかめ、藤兵衛の袖を強く引いた。

「相変わらず声の高い奴じゃ。少しはなりをひそめよ。尾行《つけ》られておる」

藤兵衛は息を呑んで、キョロキョロと周りを見回した。

篤胤はさらに強く袖を引く。

「なりをひそめよと申したであろう。しばし、ここでやりすごすぞ」

藤兵衛は後ろをふり返りたい思いをこらえて、動きを止めた。

(尾行られておったとは気づかなんだ。先生の護衛でついてまいったものを、なんたる不覚……）


　すると、店の奥から店主が篤胤を見つけて、もの珍しげに笑みを浮かべながら出てきた。

「これは、これは大角先生。ようこそおいでくださいました」

如才ない笑顔の下にも、どこか抜け目ないものが光っている。

（やれ、一癖ありそうな御仁だのう）

藤兵衛は店主の顔をしげしげとながめた。

じつはこの男こそ薬種商長崎屋《ながさきや》新兵衛《しんべえ》で、国学者山崎美成《やまざきよししげ》としても名を馳せている男だった。

一時は篤胤の門人だった時期もあり、ほかでもない、あの天狗小僧の寅吉を篤胤に引きあわせたのも美成だった。

貧乏学者の篤胤とは違い、代々続く薬種商を兼ねている美成は豊かな財にもの言わせて、珍品・珍本の類の蒐集にも余念がない。

美成の元を訪ねれば、必ずなにか耳よりな話や珍しい書物などが手に入る。とくにこれといった用はなくとも、決まった時分に一度は長崎屋に顔を出すのが、篤胤のならいだった。

しかし、寅吉が篤胤の元に居候をするようになってからというもの、どちらからともなく疎遠になって久しい間柄となっていた。

「しかし、大角先生。押しこみの翌日とは、また絶妙な頃合いを見計らってこられましたね」

美成は愛想笑いを浮かべながらも、見慣れぬ顔である藤兵衛の様子を仔細にうかがっていた。

「なに、押しこみですと？　それはまた物騒な。して、いかような被害を？」

押しこみと聞くなり、藤兵衛は思わず腰の大小に手を当てて店の中を見回した。

しかし、店の中は少しも乱れた様子はなく、とても押しこみに遭った直後には見えなかった。

「いやいや、押しこみに遭ったのは、うちではございません。近くの鶴間屋です」

美成は笑いながらも気を悪くした表情を見せた。

「鶴間屋と申しますと……。や、あの伝右衛門さんの店か？　いやはや、なんたる災難続き。つくづくご愁傷にござるなあ」

美成にかまわず藤兵衛が大声を上げる。

美成は、さらに気を悪くした顔をした。

「先生。こちらの御仁は？　見慣れぬお顔にございますが……」

「ああ、これは新弟子の藤兵衛です。普段から少々声が高いのが難点でして……」

篤胤は鶴間屋の店主の伝右衛門と、お紺をめぐっての関わりのある件については一言も漏らさず黙っていた。

耳よりな話は聞いても余計な話はしない。それが篤胤のならいだった。

「まったくおかしな盗賊だったそうでございますよ。金子《きんす》はほとんど手つかず。もっぱら荒らされただけで済んだようで……」

美成は篤胤とは親子ほどに年齢《とし》が離れている。才気煥発ゆえに己《おのれ》の学を少々鼻にかけるところもあったが、篤胤は年長者の余裕でかわしていた。

「鶴間屋の一人娘といえば、例の神田川心中で世間を騒がせた娘。あの心中から、さほど時を置かずしてこたびの押しこみ……。わたしの勘では、なにか関わりがありそうに思うのですが、先生はいかが思われますかな？」

人の意見をうかがっておきながら、実は己の意見を申し立てたくてしかたがない。美成の性質をよく知っている篤胤は、わざととぼけてみせた。

「さあ。わしには分かりかねますなあ。神田川心中と鶴間屋との関わりと申しますと？長崎屋さんはいかがな関わりがあるとお考えで？」

美成の表情が、チリリと歪んだ。

じつは美成は「長崎屋」の呼び名を好まない。代々続く稼業でありながら、己は学者であり、一介の薬種商では収まりきらぬ器と思っているふしがあった。

そのあたりの美成の矜持を見すかしたうえで、あえて篤胤は美成を「長崎屋」と呼ぶ。貧乏学者のせめてもの反骨心だった。

一方、藤兵衛は二人のやりとりに口をはさみたくてうずうずしていた。しかし、また篤胤ににらまれてはたまらぬので、黙っていた。

「わたしが思うには……」

美成は歪んだ表情をすぐさま取りつくろい、切れ者の学者然とした顔つきに戻った。

わざわざ篤胤に顔を近づけて声をひそめる。

「あの店はなにか隠し物をしておりますね。こたびの賊は、その隠し物をさがしにまいったのではありますまいか?」

「どうだ?」と言わんばかりの得意げな顔である。

「なにゆえ、さように思われますかな?」

篤胤は空とぼける。

声をひそめているので、肝心の話の中身が藤兵衛の耳には届かない。藤兵衛は苛々しながら二人のやりとりをながめていた。

「先だって、鶴間屋の一人娘のお紺殿は神田川で謎の相対死を遂げられたばかり。その直後の押しこみでございますよ。それに、金子も盗られておらぬとなれば、なにかほかに目当てがあったとしか思えません」

「ほう。それはまた思いもつきませんでした。では、その隠し物とお紺殿の相対死にはどんな関わりがあると?」

じつは篤胤もまったく同じ思案をめぐらせていたところだった。

しかし、知りたくてたまらぬそぶりを見せれば、かえって隠しだてしたくなるのが人の常。その裏をかいて、かまをかけてみたのだった。

美成は、しばし黙って首を横にふった。

「さすがにそこまではわたしにも分かりません。なんらかの関わりがあるというところまでで」

若干、くやしそうな表情である。

若くして有望な国学者を自負しているゆえに、篤胤の問いに答えられぬだけでうち負かされた気になったのだろう。

「ときに、天狗小僧の寅吉はいかがいたしておりますか?」

急に、ひらりと話を転じた。

天狗小僧と聞いて、藤兵衛はそれ来たとばかりに話に割って入った。

「息災にございますよ。息災にして、相変わらずのへらず口。まったく、あの口の利きようはいただけませぬなあ。どうにかならぬものか。ときに、寅吉を見出したは長崎屋さんとうかがっておりますが、まことにございましょうか?」

「長崎屋」というところで、美成の表情がまたチリリと歪んだ。しかし、藤兵衛はいっこうに意に介していない。

篤胤は、そ知らぬ顔で二人のやりとりを見守っている。

「寅吉は下谷七軒町にある越中屋という店の息子だったのです。なかなか風変わりな子どもでしてね、天狗のもとで修行したとかいう噂が……」

「存じておりますとも! 有名な噂にございましたなあ」

いちいち藤兵衛が声をはって合いの手を入れるので、美成も負けじと声をはり上げる。

「わたしはその噂がまださほど広がらぬうちから興を引かれ、いったいどんな子どもかと確かめに行ったのです!」

美成はしだいに、にがにがしげな表情になった。

「たしかに、寅吉はそこいら辺の子どもより賢く、物知りな子どもではありました。しかし、正直なところ、寅吉の語る神仙界、幽冥界の話の真偽のほどはよく分かりません。だから、わたしは寅吉にさまざまな問いかけをして試してみようと、ここへ連れてきたのです」

そこで美成は、ちらりと篤胤に目をやった。

「ちょうどその頃、先生も寅吉の噂を聞きつけ、わたしのところへ来られたのでしたなあ」

さも、寅吉を見出したのは己が先と言わんばかりである。

「いや、なに。先生と寅吉をお引きあわせした件について恩を売っているわけではございませんよ」

あきらかに恩を売っているのだが、篤胤は相変わらずそ知らぬ顔である。

「あの寅吉め。客人同様にもてなし、しばらく居候させてやった恩も忘れて、あっさりと先生のところへ鞍替《くらが》えを……」

恨み言めいた調子をおびたのもつかの間、美成は急にさばさばとした口調になった。

「しかし、これでこちらもかえって厄介ばらいができたというもの。先生のところで息災に暮らしておるのであればけっこう。けっこうにございますよ」

それから四半時ほど話しこんだ後、篤胤と藤兵衛は長崎屋を後にした。

八

「藤兵衛、さきほどの長崎屋の話だが、いかように思う？」

道すがら、篤胤はぼそりと尋ねた。

「さようでございますな。厄介ばらいができたなどとおっしゃってはおりましたが、あれは負け惜しみでございましょう。やはり、寅吉を先生に取られたと思っていらっしゃるのではございませぬか？」

「寅吉の話ではない。鶴間屋に入った押しこみの話だ」

前の一点を見つめて歩きながら、篤胤はにべもなく言い放つ。

「へっ？　押しこみ？　さようでございましたな。では、せっかく近くまでまいったのでございますから、鶴間屋の伝右衛門さんのところへ見舞いに立ち寄ってみましょうか」

「ならぬ！　もってのほかだ。わしらが鶴間屋と関わりがあるとは誰にも知られぬほうがよい。もっとも、すでに手おくれのようだがのう」

篤胤は語気を強めた後、急に声をひそめた。

「そもそも押しこみの件を重八から聞き、こたびは鶴間屋へ様子見に行くつもりで出てきたのだ。だが……」

篤胤はチラと後ろに目をやる。

藤兵衛は長崎屋に入る前に、何者かに尾行られていた件を思い出した。

全身の気を研ぎすませて、後ろの気配をうかがう。

「なるほど、なかなかあきらめの悪い敵のようでございますな」

「長崎屋での暇つぶしも効かなんだようだ」

いまいましげに篤胤がつぶやく。

正体の知れぬなに者かが、依然として二人の後を尾行《つけ》ていた。

二人は歩調を変えずにしばらく歩いた。

「先生、二手に別れましょうぞ。先生は広小路のほうへお逃げくだされ。それがしはこちらの裏道に入って奴を誘いこみまする」

(にぎやかな広小路であれば、さすがに敵も先生を襲えまい。裏道のほうに奴をおびき寄せて、俺が正体を暴いてやる)

藤兵衛の算段が通じたのか、篤胤はかすかにうなずいた。

ザッ。篤胤の草履が砂を蹴る。

とても四十五とは思えぬ身軽さで篤胤は広小路のほうへ駆けぬけていく。

篤胤のうしろ姿を見とどけるやいなや、藤兵衛は裏道に入りこんだ。

背後の者は案の定、藤兵衛の後に続いて裏道に入ってくる。

「無断で後を尾行てまいるとは、礼儀を知らぬ奴。せめて名を名乗れ！」

藤兵衛はふり向きざま、腰の刀に手をかけて叫んだ。

「名乗るほどの者ではござらぬ」

着流し姿にお高祖《こそ》頭巾をかぶった、浪人風の男がやはり刀に手をかけてかまえていた。

（こやつ、かなりできるな）

男の全身から隙のない、澄んだ気が流れている。

「ひとつ、うかがおう。そこもとは昨夜、鶴間屋に押しこんだ盗賊か？」

頭巾の下で、男がかすかに動揺する気配がした。

（まちがいない。こやつだ）

藤兵衛はとっさに確信した。

「なにゆえ、鶴間屋に押しこんだ？　なにがねらいだった？　金子が欲しかったわけではなかろう？」

まんじりともしないにらみ合いが続いた。

互いに抜刀こそしていないものの、目に見えぬ力の応酬は続いている。

頭巾の男の低い声が流れた。

「鶴間屋から文を預かっておるであろう?」

「文? はて、いかなる文だ?」

「とぼけるな!」

頭巾の男は抜刀し、間髪いれずに藤兵衛も抜刀した。

(なにを問うてくるかと思えば、文だと? そもそも鶴間屋と文のやりとりなどした覚えはない)

藤兵衛はひたすらに相手の剣気を読んだ。

藤兵衛の剣は守りの剣だった。読みが八分で、残りの二分で機をとらえて打ちに出る。

(なんと澄んだ気を放つ悪党か。しかし、この気配、昔どこかで……)

読んでいるうち、相手の一切は勝手になだれこんでくる。そのうちの肝心なところを刹那に読み取るのが藤兵衛の身につけた剣術の極意だった。

だが、ある機を境に男の殺気が煙のようにスーッとかき消えた。

(む、いかがした? なにが起きた?)

藤兵衛が不審に思ったやさき、男はすばやく納刀して脱兎のごとく逃走した。

「待て! 逃げるとは卑怯な……。せめて名を名乗ってからにせよ!」

藤兵衛が追いかけようとすると、後ろから癖のあるしゃがれ声が響いた。

「藤兵衛さん！　ご無事でしたかい？」

見ると、血相を変えた重八である。

「念のため、ここらで張ってやしたところ、藤兵衛さんが駆けこんでいくのが見えましたもんで……。ま、あっしが手を出すまでもなかったようで、よかったでやす」

どうやら、藤兵衛の助太刀に駆けつけてきたらしい。

藤兵衛がふたたびふり返ると、お高祖頭巾の男の姿はすでに影も形もなく消えていた。

重八はギョロリとした目で藤兵衛が見ている方角を見すえた。

「どうしやした、藤兵衛さん？　さ、早くここを引き揚げて帰りやしょう。先生も心配でやすし」

「さようでござるな。先生の無事も確かめませぬとな」

藤兵衛はなんとはなしに後ろ髪を引かれる思いで、その場を後にした。

九

「先生！ ご無事でおられてなによりでございまする」

「お前が敵を裏道に誘いこんでくれたおかげで、わしは助かった。まあ、ねり酒でも飲んで精をつけよ」

藤兵衛と重八がいぶきのやに戻ると、篤胤はすでに戻っており、いつもの織部でねり酒を一杯やっているところだった。

「いやあ、まったく天狗かと思うくれえの早足でびっくりしたぜ。宙を飛ぶ勢いで帰って来なさるんだもの。先生もまだまだ捨てたもんじゃねえなあ」

寅吉が横からひやかすと、篤胤はチロリと鋭い目をやった。

「わしはまだ世を捨ててはおらぬし、世から捨てられてもおらぬわい」

寅吉はひょいと首をすくめ、「で、どうだったんだ？ 鶴間屋の探索は」と藤兵衛に尋ねた。

「われわれが鶴間屋に向かった件をなにゆえ知っておるのだ？」

逆に藤兵衛が尋ねる。

寅吉は胸を反らして得意げな表情を浮かべた。

「おいらを誰だと思ってんだ？ 天狗小僧の寅吉だぜ。いんちき侍ふぜいのやることたあ、なんだってお見とおしさ」

「これ。少しは黙っておれ、寅吉」

篤胤がピシャリと言い放つ。

「追手に尾行られて鶴間屋には行けずじまいだったが、行きがかりで長崎屋に立ち寄ったわい」

「長崎屋」と聞いて、寅吉は急に申し訳なさそうな顔になった。

「で、長崎屋の先生はなにか言ってたかい？」

「ああ、言っておった。『寅吉は息災か？』と……」

篤胤の代わりに藤兵衛が答えると、顔を赤らめてうつむいた。

「どうやら長崎屋の先生には借りがあるようだな？　安心いたせ。寅吉は息災にして相変わらずのへらず口だと返しておいた」

「なんだと？　へらず口はどっちだ。余計な口をたたきやがって」

「やめなさいよ。藤兵衛さんは今、大変なお役目から帰ってきたばっかりなんだから」

今にも藤兵衛につかみかかろうとする寅吉を制したのは、お長だった。

盆の上に、ねり酒の入った織部を載せている。

「寅吉なんか放っておいて、まずはこれを飲んで気を落ち着けてくださいな」

「これはかたじけない。たいしたはたらきもしておらぬゆえ心苦しいが、せっかくなので、いただきまする」

藤兵衛は遠慮なく、ねり酒を口にした。

まろやかな甘みが口の中に広がり、腹の中がほかほかと温まる。

寅吉はまだなにか言いたげにしていたものの、お長ににらまれてしぶしぶ口を閉じた。

気持ちが落ち着いてきたところで、藤兵衛は先刻のお高祖頭巾の男を思い出し、ハタと膝をたたいた。

「先生、文は？　文はまだお持ちでございましょうな？」

篤胤はとたんに顔をしかめて、胸もとをおさえた。

「さように大声をはり上げずともよい。文ならここにある」

藤兵衛は安堵した。

「先生、たった今、合点がいきましてございまする。われわれの後を尾行てまいった者のねらいは、その文だったのでございまする」

その場にいた寅吉、重八、お長の目線が一斉に篤胤の胸もとに集まる。

篤胤はみじんも臆さず、昂然と尋ねた。

「なにゆえだ？　なにゆえ、奴のねらいがこの文と分かる？」

「この耳でしかと聞きましてございまする。奴は『鶴間屋から文を預かっておるであろう？』と申しました」

その場がしんと静まる。

「おそらく奴は昨夜、鶴間屋に押しこみに入った賊。つまり、奴はなんらかのわけあって文を手に入れるべく鶴間屋に押しいり、肝心の文が鶴間屋にないと分かるや、目先を転じてわれらを襲ったのでございます」

「待て！　藤兵衛」

一気にまくしたてる藤兵衛の勢いを削ぐように、篤胤が鋭い声を上げた。

「なにゆえ、その男はわれらが文を持っていると知っておる？」

藤兵衛は口をつぐんだ。

「それは……、その……、さようでございますな」

「鶴間屋の伝右衛門さんがここへ文を持ってきた件を、誰かにしゃべったか？」

「めっそうもない！　声こそ高いかもしれませぬが、それがしの口はさように軽くはございませぬ」

「じゃあ、その男はなんで知ってたんだろうなあ？」

寅吉が不思議そうに首をひねる。

「得意の勘をはたらかせてみなさいよ。なんでもお見とおしなんでしょ？」

お長がけしかけると、寅吉はムキになって叫んだ。

「そう都合よく、なんでもかんでもお見とおしってわけにいくかよ！　おいらにだって、分からねえものは分からねえよ」

「よさぬか、寅吉。お長。とにかく、賊のねらいはこの文のようだ。それが分かっただけでも、よしとせねばなるまい」

篤胤が腕組みをしながら二人を制する。

「いや、取りたててどうというほどのない文なのだがのう。勢之助さんからお紺さんに宛てて、逢引きの約束がしたためられておった。あの柳原土手で落ち合う約束じゃ」

「それだけでございますか？　勢之助は風流を好む性質でしたゆえ、よく読むと歌が隠して詠みこまれていたりなどしてはおりますまいか？」

藤兵衛が身を乗り出す。

「いや、さような仕こみはなかった。二人だけに通ずる印《しるし》のようなものがあるやもしれぬとも思うたが、それも見当たらなんだ」

その場の誰もが視線を落として、黙りこんだ。

「くだんの押しこみはその文を狙《ねろ》うて鶴間屋に押しこんだにちがいないのですが……。しかし、さような文を奪っていかがいたすつもりだったのでしょうか」

藤兵衛はうつむいて、また静かにねり酒を啜った。

その横で、篤胤が小さく咳ばらいをした。

「ただ、一つだけ、腑に落ちぬところがあるといえばある」

藤兵衛は横目で篤胤をうかがった。

「これはあくまでわしの勘だが、勢之助さんはじつはあの文を書いてはおらぬのでは？」

篤胤はあごのあたりをしきりに撫でている。

藤兵衛はねり酒から口を離して、篤胤に向きなおった。

「と、申しますと？　他の誰かが書いたものとおっしゃいますか？　いや、そんなはずはありますまい。あれはたしかに勢之助の手蹟でございました。それがしは生前に、何度か勢之助の書いたものを目にしておるのです。まちがいございませぬ」

「そうであろう。あの文字を書いた者には、生前の勢之助さんの手蹟を知っておる者が目にするという算段があったのであろう」

「さすがは先生だ。あっしはその文を見ておりやせんが、今、先生と同じ考えにたどり着いたところでやす」

重八が小さなうなり声をあげた。

不服そうな顔で重八と篤胤を交互に見つめる藤兵衛に、篤胤は刺すように諭した。

「あの文字には気脈が通っておらぬのだ。藤兵衛」

「気脈でございますか？　気脈と申しますと？」

藤兵衛は、とっさに刀をかまえてふり下ろすそぶりをした。

「さよう。剣術の心得のあるお前には、剣にたとえて話したほうが分かりやすかろう」

篤胤は一人うなずいて話し始めた。

「剣に太刀筋があるごとく、書にも筆筋がある。二太刀目の筋は、一太刀目をふるった後におのずと生まれるもの。同様に、一筆目を入れた後の筆筋と二筆目以降の筆筋もすべてつながっておるのだ。これがすなわち、書の気脈」

「つまり、あの文の文字はつながっておらぬとおっしゃりたいのでございますか？」

篤胤は深くうなずいた。

「手本に似せて書こうとするあまり、あの文の一文字一文字はすべてバラバラ。全体を貫く気脈がない」

「勢之助の手蹟はひどく右上がりで……。それがしも何度か目にしましたが、一目で分かる癖がございまする」

「癖の強え手蹟ほど、真似しやすいってもんでさあ。あっしら岡っ引きもよく人さがしを頼まれますがね、一癖ある人相にはすぐ目がいきやすが、癖のねえ、素直な顔つきって奴が一番面倒なんで」

重八は「やれやれ」といった体《てい》で首の裏を掻き始めた。

「では、誰かが勢之助の手蹟をまねてお紺殿に文を？」

「あくまで勘でやすけど……。そうやってにせの文でお紺さんを柳原土手に呼び出して殺すって手もありやすね」

「いったい誰がそんな汚いまねを？　許せぬ！」

藤兵衛は今にも駆けだしていく勢いだった。

「藤兵衛さん、落ち着いて。まだ、そうとはっきり決まっちゃいませんよ」

「そうだ。藤兵衛、あんまり答えを急いじゃいけねえぞ。慌てる乞食は貰いが少ねえっていうし……。な？」

横から調子に乗った寅吉がからかう。

「誰が乞食だと？　それがしは乞食にあらず！　それがしは……」

藤兵衛は言い差して急に口をつぐんだ。

「奴だな？　細工した文を使《つこ》うてお紺殿を呼び出したは、下谷で後をつけてきた者に相違あるまい。だからこそ、後から悪事を暴かれぬよう、にせの文を取りもどしたいのであろう」

藤兵衛は、しゃべりながら己の思いつきに夢中になっていた。ねり酒の力もあって、身体の芯がカッカッと燃えるようだった。

「重八殿！　あの日、河原に勢之助の辞世の句が残っていたとおっしゃっておりましたな。その辞世の句が書かれた紙は？　その紙は今、どこにあるのでござるか？　件の文の手蹟と見くらべたらなにか分かるやもしれませぬぞ！」

いきり立つような藤兵衛の口調に反して、重八の表情は暗かった。

「藤兵衛さん、あきらめな。あの心中一件に関しちゃあ、お上から探索の打ち切りがかかっているんでえ」

「なんですと？　まだ真相はなにも分かっておらぬのに？　それはおかしゅうございまする。なにかのまちがいではございますまいか？」

重八は目を伏せて、静かに首を横にふった。「いやいや、まちがいなんかじゃありやせん。後から探索の手がかりになるようなものも、ぜんぶ召し上げられちまいましたよ。もちろん辞世の句も、ね」

一同はまた黙りこんだ。

「なんか、変な力を感じるなあ。えらく面倒で、大きな力だ」

しばらくして、寅吉が伸びをしながらぼやいた。

「先生、いつまでも文を握ってると面倒な一件に巻き込まれそうな気がするぜ。早く鶴間屋に返すなり、なんなりして文を手放しちまったほうが……」

「なにを申すか！　面白そうだとか、天命だとか、さんざん先生をあおっておいて、途中で手を引けとは。勝手な奴め！」

寅吉は面白くなさそうな表情を浮かべた。

「勝手な奴とはなんだ。いんちき侍。どうせまた、義を貫くとかなんとかごたいそうなきれいごとを並べるんだろう？　だけどよう、死んじまっちゃあ、お終《しめ》えだぜ」

「死ぬ？　縁起でもない。お前は先生が死ぬと申すのか？」

「そうだ。あんまり首をつっこむと死ぬ……かもな。どうするよ？　先生。たしかにおいらは先生をあおったかもしれねえ。だけど、あのときはまだここまで見えてなかったんだ」

「ふん。天狗ゆずりという触れこみの千里眼も当てにならぬわ」

藤兵衛は鼻であしらおうとした。だが、篤胤は意を固めた表情をしていた。

「たしかに、わしはお紺さんの相談ごとにも鶴間屋の相談ごとにも、最初は気のりせなんだ。むしろ、学問の妨げとなる面倒ごとと思うておった。だが、話を聞いておるうち、しだいに興が乗ってきてしもうた」

篤胤の目にしだいにきらきらとした光が宿り始めた。

「あの文を目にしたとき、わしはとっさに『これを預かろう』と思うた。いや、『なんとしても預からねば』と思うた。どうにもわしはあの文に……」

「想が湧いたのですね？　お父様」

お長の一言に、篤胤は心なしか頬まで染めて深くうなずいた。

「わしは自ら欲するところに従うて、あの文を預かったのだ。それゆえに面倒ごとに巻き込まれようと命を落とそうといたし方あるまい。それが天命であるならばそれまでだ」

「よく言った！　さすがは大角先生だ！　おいらがわざわざ長崎屋の先生のところから移ってきただけのことはあるぜ」

寅吉はそれまで藤兵衛が耳にしたためしのないような音色で口笛を吹いた。

（はて、気のせいか。俺の目には先生が急に若返って見えるのだが？）

藤兵衛はまるで少年のように闊達とした篤胤の表情に目をみはった。

（これが想とやらの力か？　俺はなんと不思議な人の元に弟子入りしたものか。もしや、これも俺の天命なのやもしれぬ）

「先生の性分は、あっしもよく承知してやす。いよいよまともに首をつっこもうってわけでやすね？」

それまでじっと黙っていた重八が、試すような目つきで篤胤を見た。

篤胤の表情は揺らがない。

「分かりやした。途中で探索打ち切りたあ、こっちもどうにも胸くそ悪い。ももやとしていたところだったんでさあ。あっしもひとつ、先生と同じ舟に乗らせていただきやしょう」

「で、お前はどうするんだ？　いんちき侍」

寅吉がひやかすような笑みを浮かべた。

「もちろん、それがしも乗りまする。もとより一人でも、それがしは乗るつもりでございました」

「こいつは面白れえ！」

寅吉は甲高い声を上げた。

「決まりだな？　これでみんな乗りかかった舟だ。行き着くところまで行きやがれ！」

手をたたいてはしゃぐ寅吉に藤兵衛はにらみを利かせた。

「お前も乗るのか？　天狗小僧」

「ハッ。馬鹿を言っちゃあいけねえや。おいらはここで高見の見物さあ！」

「まあ、いいご身分ですこと。せいぜい高見から身を乗り出して転げ落ちませんように」

お長が嫌味たっぷりな口調で笑った。

十

こうして、いぶきのやでは、しばらくの間、肝心の学問はそっちのけとなった。すでに探索打ち切りとなった比企勢之助とお紺の心中一件をめぐって、連日のように話し合いが続く。

元盗賊にして岡っ引きの門倉重八は、さすが本職だけあって、探索の手順をよく心得ていた。

「で、この一件がいよいよ殺しだったとして、あっしが思うに、まずは殺された勢之助さんに恨みを抱いてた者にあたりをつけるところから始めたほうがよさそうに思いますぜ」

特徴のある目をギョロつかせながら、篤胤と藤兵衛の顔を交互に見る。

「しかしながら重八殿。勢之助は見目よき男にして人柄も優れておった。決して他人から恨みを買うような……」

かつての剣術仲間をかばう藤兵衛を、重八は途中でギラリと目を光らせてさえぎった。

「ちょっと待った！　今、見目よい男で人柄もよいと言いなさったな？」

キョトンとうなずく藤兵衛に重八はたたみかける。

「水戸様の御家臣の御曹司にして色男。おまけに人柄もよいとなりゃあ、女どもは放っておきやせん。もてる男ってえのは、それだけで余計なやっかみや恨みを買うもんでさあ」

重八が勝ち誇ったような顔で言い放つ。

藤兵衛は「なるほど。言われてみれば、さようなものかもしれませぬなあ」と感心してうなずいた。

「ま、お前にゃあ、一生縁のねえ話だ。心配いらねえよ」

寅吉が横から余計な口をはさむ。

「心配などしておらぬ！　それがしは剣術の鍛錬に忙しいのだ。見目形なんぞにかまっていられるか」

藤兵衛が言い返すと、さらに横からお長が口をはさんだ。

「そうです。藤兵衛さんは見目形なんかにかまわなくたって、そのままでじゅうぶん……」

途中まで言いかけて、なぜか口をつぐむ。

「へぇえ？　どうした？　終《しめ》えまで言ってみな、お長」

お長は顔を赤らめて、寅吉をにらんだ。

「お長殿、助太刀のおつもりならば、さような情けは無用にござる」

「情けなんかじゃありません！」

お長はむきになって叫ぶと、うつむいた。

藤兵衛は急に黙りこんだお長に呆気に取られた目を向けた。

寅吉はニヤニヤと笑いを浮かべながら、そんな二人を見くらべている。

やがて篤胤が取りなすように口を開いた。

「これ、藤兵衛。今はそなたの外見《そとみ》についてあれこれ詮議しておるときではない。亡くなった勢之助さんとそなたは剣術仲間として親しかったのであろう？　今、重八が申した件も含めて、誰か勢之助さんに恨みを抱くような者に心当たりは？」

篤胤の申し出に、藤兵衛は「うーん」と腕を組んで考えこんだ。

「そういえば、以前、伝右衛門さんが吉原の花魁が勢之助に惚れこんで、ほかの客を袖にしたとかいう話をしておりましたな」

「藤兵衛さん、それはもしや夏雲では？」

重八がギョロリとした目を光らせた。

「さよう。さよう。たしか、さような名であった！」

藤兵衛がハタと膝を打つ。

「その夏雲に袖にされた客が勢之助を逆恨みして……。いや、まさか、さほどにたやすくはこぶものであろうか？」

「分かっておりやせんな、藤兵衛さん。人の心ってもんは、びっくりするほどたやすく、分かりやすくできてるものなんでさあ」

「そうかと思えば、驚くほど解しがたく、道理を超えたものでもあるがのぅ」

篤胤があごのあたりを撫でながらつぶやく。

「じつは、その夏雲を贔屓にしてる客の中に、あっしがかねてから目をつけてる奴がいるんでさあ」

重八は急に前かがみになって声をひそめた。

「いえね、元は同朋衆の坊主なんですがね。どうにもうさんくせえ奴で。あちこちでいろんな強請《ゆすり》のタネを仕入れてきちゃあ、それを元手に荒稼ぎしてるってんで。とどのつまりは強請屋ですよ」

篤胤は途端にいやな顔をした。

「いや、先生。まだ、そいつが勢之助さんの心中一件と関わりがあると決まったわけじゃあ、ありやせんがね」

「勘がはたらくのであろう？　岡っ引きとしてのお前の勘が。お前は昔から勘どころのよい男だった」

重八は「へへっ」と照れ笑いをしながら、首の後ろをさすった。

「しがねえ盗賊の手下だったあっしを、こうして改心させてくだすったご恩は決して忘れちゃアいませんぜ、先生。だから、あっしは先生が首をつっこみなさると決めた件に関しちゃあ、とことん肩入れさせてもらいますよ」

（やれやれ、山から出てきた虎も先生の前ではまるで飼い主の前で喉を鳴らす猫のようだな。その昔、先生はいったいいかようにして、この一癖も二癖もありそうな兇状持ちを手なずけたのであろうか）

藤兵衛はつくづくと篤胤のやせぎすの身体をながめた。

（まったく不思議なお方だ。ただの変わり者の学者かと思えば、どうもそれだけではない。気がつけば皆、なぜか先生のために働かされておる。この俺だって……）

そこで藤兵衛は慌てて首を横にふった。

（いや、俺はべつに先生のためにこの件に乗ったわけではない。俺はただ勢之助のために、不審な死を遂げた剣術仲間のために……）

「藤兵衛、藤兵衛、聞こえておるか？　藤兵衛」

藤兵衛がハッとわれに返ると、篤胤が鋭い目つきで藤兵衛を見つめていた。

「勢之助さんは吉原のお座敷遊びがすぎて勘当されたという話だったが、まことかのう？」

「いや、それがしが知るかぎりにおいて、さような話は信じがたく……。たしかに芸ごとを好み、自ら幇間のまねごとなどしておったのは存じておりますが、勘当されるほど度のすぎた遊び方はしておらぬのでは？」

「そもそも勘当自体が怪しいのう？　勢之助さんの代わりに弟御が跡を継いだとの話だが、お前はその弟御を知っておるか？」

篤胤の問いかけに藤兵衛は首を横にふった。

「いえ、存じませぬ。それどころか勢之助に弟がおったとは、このたび初めて知りました」

「お紺殿の話では双子の弟とのことだったが」

一同は黙りこんだ。

「先生、こいつぁまちげえなくなにかありやすぜ」

重八は目をギョロつかせた。さも面白くてたまらないとばかりに、指を鳴らし始める。

「あっしは強請屋の筋からさぐりを入れてみやす。藤兵衛さんは、例の押しこみの野郎から先生をしっかり守ってやってくんな」

「しかと心得た」

(あやつめ……。今度こそ捕らえて正体を暴いてみせようぞ)

藤兵衛は、お高祖頭巾をかぶった男のやけに澄んだ殺気を思い出した。

(奴は来る。きっとまた来る)

織部の底に残ったぬるいねり酒を、藤兵衛は一気にあおった。

第三章　かっぽれ

一

「小絹《こきぬ》、そんなに急いちゃあ、夢介《ゆめすけ》さんが追っつかないよ。初めてのお座敷で気がはってるのは分かる。だからって、やみくもに節を急くもんじゃない。もういっぺん、最初《あたま》からやってみな」

旭屋の女将であるお蔦《つた》が、今度初座敷に上がる小絹に熱心に稽古をつけていた。

「いや、女将さん。俺ならかまいませんよ。なんてったってかっぽれは景気のよさが命だ。少々、小絹がつっぱしったって、俺ゃあ、勢いでどこまでもついていきますよ」

小絹の三味線に合わせて踊っていた幇間の玉川夢介が高らかに笑った。

新米芸者の小絹は耳まで赤く上気した顔を伏せた。

小さな瓜実顔に切れ長の目。ハッと人目を惹くような華はないものの、品よく整った顔立ちである。

「そうかい。だけど、いくら夢介さんがそう言ってくだすったって、なにごとも度がすぎちゃあ、せっかくの景気も落ちるってもんですよ。さあ、もういっぺん」

お蔦の仕切りなおしで、また「かっぽれ」が始まった。

――ハア　かっぽれかっぽれヨーイトナ　ヨイヨイ　沖の暗いのに　白帆があエー見ゆるヨイトコリャサ　あれは紀伊の国　ヤレコノコレワイサ――

小絹の三味線に合わせて、吉原の女芸者の中でも屈指の芸妓である絹次《きぬじ》が、艶のある声をはる。

小気味のよい調子に合わせて、夢介が切れのある動きで踊る。

ねじった手ぬぐいを頭に巻いた滑稽な姿で、いくらまなじりを下げて表情《かお》を作っても、生来のすっきりとした目鼻立ちはごまかしきれない。

なまじ滑稽さを売ろうとすればするほど、逆に男の色気がにじみ出る。

この隠し味のような色気の利いた「かっぽれ」は、ほかの幇間には出せない夢介ならではの芸で、とくに評判がよかった。

「かっぽれ」は「かっ惚れ」からきた言葉で、岡惚れ、片思いを意味する。もとは上方の住吉大社で行なわれていた住吉踊りで、これはお田植え神事の田楽踊りから派生したものらしい。

いわば外で踊っていたものをお座敷に引っぱりこんだだけで、いずれにしても、高尚な踊りではない。勢いと景気のよさがウリのお座敷芸だった。

旭屋は数ある芸者置屋の中でも吉原からの呼び出し専門の置屋である。

同じお座敷でも、吉原のお座敷からの呼び出しは格上に見られる。

呼ばれる女芸者も男芸者も格上に見られるので、肝心の芸は常に磨いておかねばならなかった。

少しでも評判が落ちれば呼び出しは減り、ついにはお呼びもかからなくなる。

そうなれば商売上がったりだ。

しかし、磨いておくのは芸ばかりではない。

呼ばれたお座敷に入ったわずかの間に、その日の客の雰囲気を読んで、披露する芸を見きわめる。その勘どころを磨くのが、下手をすると芸そのものよりも肝心なのである。

幇間の夢介は、そのあたりの読みを滅多にはずさなかった。

もとより、幇間に身をやつしている者たちの出自はさまざまである。

医者だったり、寺の坊主だったり、武家の次男、三男坊だったり……。

つい最近になって旭屋に拾われた夢介の素性を知る者はほとんどいなかった。

吉原に出入りする芸者や幇間を取り締まる見番《けんばん》に籍を置きながら、その見番からも一目置かれる旭屋に抱えられた夢介は、たしかな芸から旭屋の看板になろうとしていた。

「小絹、今度はなかなかいい調子じゃないか。さすが絹次が仕こんだだけあるよ。この分なら立派な初座敷がつとまりそうだ」

二度目の通し稽古の後、お蔦が満足そうにうなずくと、小絹はホッとした表情を浮かべた。

「なあに、小絹はもともといい筋してるんですよ。あたしはそこんところを見こんで、ちょいと手をかけただけで」

姉芸者の絹次は自身のことのようにうれしそうだった。

身よりのない小絹が旭屋に拾われてから、ずっと小絹の芸を仕こんできたのは絹次だった。

芸だけではない。芸者としての心得やしきたり、その他こまごまとした些事までなにかと世話を焼いてきた。

こと芸に関しては厳しく、とても「ちょいと手をかけた」どころではなかった。

かん高い怒声が飛ぶのは常で、時には三味線のバチまで飛んだ。

癇症持ちで気分屋なところもある絹次に、小絹もまたよく辛抱してついていった。

吉原の女芸者は、芸は売っても色は売らない。

この道で生き抜くためには、ひたすら己の芸を磨いていくしかない。

絹次がどんなに厳しかろうが、じっと耐えて盗めるだけの芸を盗むが勝ち。

誰が教えたわけでもないのに、幼い頃から、小絹にはおのずとそのあたりの算段がそなわっていたのだろう。

幇間の夢介は途中から旭屋に入った身ながら、鋭い観察眼で、わずかの間に旭屋に出入りする芸者たちの機微を見抜いていた。

「いやあ、今の小絹ちゃんの芸は絹次姐さんのつきっきりの稽古の賜物だあ。感謝しねえといけませんねえ？　小絹ちゃん」

小絹は神妙な顔をしてうなずくと、絹次に向かって三つ指をついた。

「姐さん、小絹は姐さんからいただいた絹の字に恥じないような芸で、これから初座敷をつとめさせていただきます」

「あらっ、やだよ。この娘《こ》ったら、あらたまっちまって。そんなふうに礼を言われちゃあ、あたしだって、なんだか泣けてきちまうじゃないか」

情にもろい絹次は、目頭を押さえた。

夢介は、そんな二人の様子を見て満足そうな笑みを浮かべた。

二

通し稽古も終わり、小腹の空いた夢介はなにか腹の足しをさがしに外へ出た。

吉原には吉原名物の山屋の豆腐や竹村伊勢の「最中の月」などがあるが、寿司や蕎麦を売りにくる物売りも多く出入りしている。

夢介は、玉子売りをつかまえて好物の玉子を買うのがならいとなっていた。

昼八ツ時（午後二時頃）の廓《くるわ》は総じてけだるい。昼見世に出ている遊女たちもどこか眠たげでやる気がない。

天気までがうすぼんやりとして、はっきりとしない中、後ろから懸命に後を追いかけてくる足音が聞こえた。

夢介がふり向くと、頬を上気させた小絹だった。

「どうした？　小絹ちゃん。俺になにか用かい？　そんなに息を切らしちゃって。どうせならもっといい人を追っかけなさいよ」

夢介の冗談に、小絹はさらに顔を赤らめた。

「夢介さんたら、あんがい足が速いんですね。びっくりしちゃいました」

「ははは、日ごろから踊りで鍛えてるからねえ。多少腹が減ってたって、そんじょそこらの男衆に負けねえくらい速く歩けますよ」

軽く「かっぽれ」のふりをつけて笑う夢介に、小絹はいきなり深々と頭を下げた。

「夢介さん、さっきはどうもありがとうございました」

「なんの話でしょう？　そんな丁寧な礼を言われるほどのことはなにもしてませんよ」

心当たりのない夢介は手をふって小絹を制した。

「いいえ、絹次姐さんにちゃんと初座敷前の挨拶をするきっかけを作ってくだすったじゃありませんか」

ポカンと口を開けたままの夢介に、小絹は続けた。

「あたしはこんな性分だから、なかなかあらたまって姐さんにお礼を言えずにいたんです。姐さんにはいっつも感謝してるんですけど、根がひねくれちまってるせいか、なかなか素直にお礼が言えなくって……」

夢介はようやく思い当たって、パンと手をたたいた。

「ああ、あれかい？　あれは、小絹ちゃんの芸があんまり達者になったもんだから、俺までうれしくなっちゃってね。絹次姐さんもさぞや満足だろうと思ったもんだから……。姐さん、泣いてたねえ」

「ええ、あの涙を見て、あたしもこれまでの苦労が報われた気がします。姐さんはちょいと難しいところのあるお人だけど、でも、あたしにきっちり芸を仕こんでくれました。あたし、姐さんについてきてよかった」

「そうかい、そうかい。俺はなにもしてないけど、そいつあ、よかったねえ」

「なにもしてないなんて……。本当はちゃあんと見抜いてたんでしょ。あたしの性分と姐さんの気性を」

小絹は切れ長の澄んだ目で、じっと夢介の顔を見つめた。

夢介はお座敷芸のように「はァッ」とかけ声をかけて笑った。

「そいつは買いかぶりってもんです。だけど、せっかく小絹ちゃんに買いかぶってもらったんだ。そういうことにしておきましょうか」

「夢介さん、あたし、前から聞きたかったんだけれど、夢介さんはここへ来る前、いったいなにをしていたの？」

今度は夢介が小絹の顔を見つめる番だった。

「いったいどうしてそんなことを聞きたいんです？」

小絹の目は真剣で夢介の顔から離れない。

夢介は覚悟を決めたように小絹を見かえした。

「いいですか？　誰にも言わねえって約束してくれるなら、教えましょう」

「ええ、あたし、きっと誰にも言いません」

小絹は口元を引きむすんでうなずいた。

夢介はあらたまって咳ばらいをした。

「じつは俺は大御所様のご落胤なんです」

小絹は「えっ」と目を見開いて口元を押さえた。

「ずっと田舎に引っこんでひっそり暮らしてましたがね。どうせ身を隠すんなら、かえってこういう場所のほうが目立たないかもしれねえってんで、こうして幇間に身をやつして
……」

声をひそめて語る夢介に、小絹は口元を押さえる手を震わせた。

「……なぁんてね！」

小絹が話に引きこまれていると見てとった夢介は、いきなり両手を広げて反りかえった。

「そんなうまい話があるわけないでしょう。こりゃあ、女をだます男の得意な身の上話だ。

小絹ちゃん、そうやすやすとだまされちゃあいけませんよ」

小絹の顔がパッと赤らんだ。

「本気にしたのかい？　それなら俺の話芸もあながち捨てたもんじゃないねえ。今度、お座敷で披露してみましょうかねえ？」

「夢介さんは、本当にはぐらかすのがお上手ね」

小絹は少しむくれて、そっぽを向いた。

「俺が昔になにをしてたかって？　なあに、俺は昔っから、なにも大したことはしてませんよ。師匠に拾われて、ひたすら芸を仕こまれて。以来ずっと、この道一本です」

夢介は笑いながら、丸く剃り上げた頭をたたいた。

「分かったわ、夢介さん。もうこれっきり夢介さんの昔話は聞きません」

玉子売りが側を通りかかり、二人に玉子をすすめる。買おうとした夢介を引き止めて、小絹は急に声をひそめた。

「そういえば夢介さん、このごろ、変な岡っ引きがうろうろしてなにか聞き回っているの。知ってる？」

「へえ、岡っ引きが？　この廓で捕物でも始まるんですかねえ？」

夢介の目が空を泳いだ。

「で、どんな岡っ引きなんです？　なにを聞き回ってるんで？」

「やたらと背の高い、目のギョロッとした岡っ引きよ。夏雲花魁と例の練塀小路の旦那様の関わりについて聞き回ってるらしいの」

とたんに夢介の顔色が変わったのを小絹は見のがさなかった。

練塀小路の旦那とは、博打うちの間で悪名高い河内山宗俊《こうちやまそうしゅん》の通称である。

宗俊は奥坊主の組頭を務めた父親が逝去した後、若くして家督を継いだものの小普請組支配となった。

その鬱憤からか若くして悪の道に走り、以来、その道でめきめきと頭角を現した男だった。

近ごろでは博打のみならず、ほうぼうで強請《ゆすり》もはたらき、そちらの実いりで羽ぶりよくやっているとの噂だった。

廓遊びも派手で、売れっ妓の呼び出しである夏雲を贔屓にしていた。

しかし、夏雲はなかなかに鼻っ柱の強い花魁だった。その昔、二度にわたって宗俊を袖にし、その件で廓を騒がせた逸話が残っていた。

「あのころ、夏雲花魁には間夫の若様がおいでだったの。夢介さんはご存じ？」

小絹がさぐるような目つきで夢介を見上げる。

「いや、知りませんねえ。だけど、そんな騒ぎがあったってのは聞いてますよ」

一度は顔色を変えた夢介も、すっかり元の顔色に戻っていた。

「結局は夏雲花魁が折れて、騒ぎはまるく収まったみたいなんですけど、あんなに強気だった夏雲花魁が折れたわけは、どうやらその若様が亡くなったせいじゃあないかって噂があるんです」

「ずいぶんと前の話でしょう？　今ごろそんな噂話を蒸しかえして、その岡っ引きもなにを嗅ぎ回ってるんでしょうねえ？」

軽く笑った夢介を小絹が真剣なまなざしで見つめた。

「ただお亡くなりになったわけじゃあないんです。心中なすったんですよ。その若様は……」

「へええ、そりゃあまた、いったい誰と？」

「近々祝言を挙げるはずだったお相手と、です。心中は、許されない相手とするものなのに、おかしな話でしょう？　あたし、あの心中にはきっとなにか裏があったと思うんです。だから、今ごろになってまた岡っ引きが……」

夢介はまた声を上げて笑った。

「こちらのみなさんはほんとに噂話がお好きなんですねえ。そんな噂話をいちいち嗅ぎ回って拾ってる岡っ引きの旦那もご苦労なことで」

「あたし、あの心中には練塀小路の旦那様が一枚嚙んでるんじゃあないかって思うんです。

だって、その亡くなった若様って……」

「小絹ちゃんは、さすが小せえ頃から苦労してるだけあって、よく勘どころがはたらくんですねえ」

小絹の話をさえぎり、夢介は感心した表情を見せた。

「だけど、あんまり用のないところで勘をはたらかせすぎると、肝心なところで勘がにぶくなっちまいますよ。大事な勘はここぞって時まで取っておきなさいよ」

「あたしの勘は的はずれなのかしら？　夢介さん」

「いやあ、的はずれもなにも、俺はその噂話ってやつを今知ったばかりで……。だから、せっかくの小絹ちゃんの勘が当たってるのかはずれてるのかも、いまいちピンと来ねえだけですよ」

小絹はキュッと下唇を噛んで夢介を見上げた。

夢介はツイと空に目をやり、「やれ、こいつはどうも一雨来そうですよ」と肩をすぼませた。

「面白え話を聞かせてくれてありがとう。せっかくだけど、その続きはまた今度聞かせてもらいますよ」

夢介は走り出した。

身軽なうえに、踊りで鍛えた足腰はしっかりとしていて、あぶなげがない。

小絹は、夢介のいなせな後姿をくやしげにいつまでも見つめていた。

三

暮れ六ッ時になって、夜見世が始まる頃になると、廓はにわかに活気を帯びだす。

振袖新造たちの清掻《すけがき》(三味線によるお囃子)も始まり、張り見世にも大行灯が灯る。

昼頃に辺りを湿らせたにわか雨も今は止んで、にぎわう廓町にしっとりとした風情をくわえていた。

小絹は小さく結った髷に櫛を差し、平打ちの笄《こうがい》を一本と地味な造りの簪《かんざし》を一本差しただけの髪型で、口元に薄く紅を引いた。

縮緬《ちりめん》の白の蹴出しを巻いた足は素足である。

絢爛な衣装で道中を踏む花魁が大輪の花なら、こちらは野に咲く花。

地味に徹した出で立ちは、芸は売っても身は売らぬ吉原芸者の矜持でもあった。

新米芸者の小絹が初座敷で呼ばれたのは引手茶屋の近江屋《おうみや》。

くだんの練塀小路の旦那様こと、河内山宗俊の座敷だった。

呼び出しの夏雲花魁が到着するまでのつなぎであったが、もともと虫の居どころが悪かったのか、宗俊の表情は終始けわしかった。

たっぷりと肉ののった短軀猪首。さながら大きなガマ蛙を思わせる宗俊は、話芸を披露する夢介に目を据えたまま、ニコリともしない。

続いての屏風芸にいたっては、これみよがしに大あくびをしてみせた。

さらに間の悪いことに、呼び出しの夏雲が遅れるとあって、ますます機嫌をそこねた。

「修羅場だ」と夢介は、胸の内でひとりごちた。

幇間の仕事は客を笑わせるばかりではない。即座に客の顔色を見て取り、その場に合った取りなしをする。

笑わなければ無理やり笑わせなくてよい。むしろ、笑わせようと必死になればなるほど客はしらけるもの。しかし、そうかといって、客の機嫌をそこねたまま、座敷を終わらせるわけにはいかない。

うまく取りなして、客を良い気分にさせるのが腕の見せどころ。

これは肝心の芸より難しく、だから同じ幇間の仲間うちでは「修羅場」と呼ばれていた。

今まさに夢介は、修羅場の真っただ中にいた。

後ろで三味線をかまえた小絹が心配そうな表情を浮かべて夢介を見ている。

夢介は屏風芸を早めに切り上げて、十八番の「かっぽれ」に移ろうと算段を始めた。

そのやさきだった。

「おい、そこの芸者!」と声が上がった。

宗俊が据わった目で小絹を見つめている。

小絹は姿勢を正したものの、動じた素ぶりは見せず、キッと宗俊を見かえしている。

隣に座っていた相仕の絹次が、柔らかな笑みを浮かべながら、「小絹がいかがいたしましたでしょうか?」と尋ねた。

「お前ではない。その隣の小娘。三味線なんぞ置いて、ここへ来て酌をせい」

それまで酌をしていた夏雲つきの遊女や禿《かむろ》たちが驚いて宗俊を見つめる。

「けど旦那様、今は芸の途中でございますれば……」

小絹は姿勢を正したまま答えた。

小さいながらもはっきりとした口調だった。

宗俊の顔がかすかに歪んだ。

「芸の途中だと? 今、お前はなにも弾いておらんだろうに。だいたいお前はさきほどから芸に身が入っておらんぞ。心ここにあらずのような顔をして、いったいなにに気を取られておる？」

小絹は困ったように顔を伏せた。

「や、こりゃあ旦那様、とんだご無礼を！　芸の途中とは、あたしの芸のことでございましたねえ」

とっさに夢介が額をたたいて間に入ると、宗俊は据わった目を夢介に向けた。

「おい、幇間。お前の芸はまったくつまらねえ」

「へえ、こりゃますますご無礼を。じつは、これから面白くなりますところで。しばし、ご辛抱を！」

「辛抱もくそもあるか！」

宗俊は乱暴に膳をたたいた。

「面白くねえってのはなあ、まずもって、お前の面なんだよ」

宗俊はねめつけるように、夢介の顔を見ている。

「お前は幇間にしちゃあ色男すぎる。そんな面でいくら芸をしたって、逆に腹が立つってもんだ」

座敷の空気が一変して、まがまがしい色をおびはじめた。

「や、こりゃまた旦那様、なにをおっしゃいますやら！　いくら幇間をおだてになったところで、なにも出やしませんよ」

遊女たちや芸者衆は笑ったが、宗俊はいまいましそうに顔をしかめた。

「ふん。なにも出ないなら、こっちから出してやろう。面白くもねえ面に、少々手心をくわえて、面白くしてやろうってもんだ」

宗俊は、やおら近くにあった猪口を夢介に向かって投げつけた。

猪口は勢いよく飛んで、みごと夢介の顔に当たった。

「ひええぇ！」

遊女たちから悲鳴が上がる。

夢介はその場に大の字になって倒れた。

打たれどころが悪かったのか、伸びたまま起き上がらない。

「夢介さん！」

小絹はわれを忘れて腰を浮かしかけ、そんな小絹を絹次が横から制した。

他の芸者衆も息を呑んで夢介を見守っている。

肝心の宗俊だけが面白くなさそうに、酒の肴をつまんでいた。

すると、しばらくして倒れていた夢介が「ウーン」と声を上げてゆっくりと起き上がった。

「あー、よく休ませていただきました。これで少しはマシな面がまえになりましたでしょうか？」

夢介はおどけた口調で額をピシャッとたたいてみせた。

猪口が当たったあたりが赤く腫れているのが、遠目にも分かる。

「まったく、いい手心を加えていただきました」

これにはさすがの宗俊もバツが悪そうにフンと鼻を鳴らすばかりだった。

「さて、化粧も無事にすみましたところで……。粋な『かっぽれ』とまいりましょうか！」

夢介は着物の裾をまくると、後ろの芸者衆をふり返って目くばせをした。

小絹は慌てて三味線をかまえ直す。絹次も小さくうなずいて、三味線を鳴らし始めた。

――ハア　かっぽれかっぽれ、ヨーイトナ。ヨイヨイ――

夢介は櫓を漕ぐ手ぶりをしながら、器用に手ぬぐいをねじり、頭に巻きつけた。

四

「夢介さん、大丈夫？　さっきはいきなりで痛かったでしょう？」

無事に座敷が済んで置屋に戻ると、小絹は夢介に走り寄った。

心配そうに夢介の額を見上げている。

「なあに、これくらい。ちょいと蚊が止まったくらいのもんですよ」

笑いとばす夢介から、小絹はまだ目をそらさない。スイと手を伸ばして、額の痣《あざ》に触れようとする。

と、夢介はなにげない仕草で、やんわりと小絹の手をはらった。

「小絹ちゃん、俺なんかに気遣いは無用ですよ。それに幇間と芸者の馴れ合いはご法度だ。他人様《ひとさま》から見て誤解されるような素ぶりをしちゃあいけません」

小絹はパッと頬を赤らめて手を引っこめた。

「そんな、あたし、夢介さんに申し訳なくって……」

うつむく小絹に、夢介はなだめるように声をかけた。

「申し訳ないなんてとんでもねえ。俺はかえって小絹ちゃんに礼を言いてえくらいなんですよ」

小絹は驚いて顔を上げた。

「だって、あたしのせいで夢介さんはあんなひどい目に遭ったわけでしょう？」

「いやいや、じつはあの一件のおかげで、あのお座敷の間をもたせられたんですよ」

不思議そうに小首をかしげている小絹に、夢介は続けた。

「あの客が俺の芸をまともに見ようとしてねえのは、最初から分かってたんです。あのテの客は、こっちが笑わせようとすればするほどシラけちまう。正直、こいつは面倒な客だと思いましたがね、一旦始まっちまったお座敷を途中でまくって逃げるわけにはいかねえ。どうにかならねえものかと、俺はずっと機をうかがってたんです。そこへうまいこと、あの客が小絹ちゃんに目をつけてくれたってわけだ！」

夢介はまるでふりをつけるかのように、ピシャリと手を打った。

「じゃあ、夢介さんは最初から、あの旦那さんが猪口を投げてくると分かってたんですか？」

「いやあ、いくらなんでもそこまでは分かりませんよ。ただ、ここでうまく絡んでおけば座がもちそうだって勘ですね。勘がはたらいたんですよ」

夢介はこめかみのあたりを指でコツコツとたたいた。

「だけどまさかあの後、猪口を投げてきなさるとはね」

夢介は額をさすって苦笑いした。

「痛かったでしょう？」

「ところがどっこい！」

夢介は軽業師のように身をひるがえしてみせた。

「猪口がおでこに当たるのと一緒に、ちょいと大げさに後ろに倒れてみせたんですよ。ま、痛いことは痛かったですけどね。そんなに心配していただくほどでもありません」

小絹は感心したように夢介を見上げ、すぐにまた顔を伏せた。

「でも、あの旦那さんがおっしゃったことは本当なの。初座敷だってのに、あたし、芸に身が入ってませんでした。ほかのことに気を取られてて……」

「そいつはよくないですねえ。いったいなにに気を取られてたんですか？」

小絹はゆっくりと顔を上げた。

「分からない？　あたし……、この頃、夢介さんのことばかり考えていて」

夢介は不意に小絹から目をそらし、あらぬ彼方を見つめた。

「そいつはますますもってよくないですねえ。大事なお座敷の最中に、よりによって俺なんかのことを気にかけていなさるようじゃあ、先が思いやられますよ」

夢介は笑った。もうそれ以上、小絹になにもしゃべらせない風情だった。

だが、小絹はあえて踏みこんだ。

「夢介さん、じつはあたし、この間話した例の岡っ引きに会ってね」

夢介の肩がかすかに動いた。

「ああ、この辺りでしきりになにか嗅ぎ回ってるって話でしたねえ」

夢介は相変わらずあらぬ彼方を向いていて、小絹と目を合わせない。

「小絹ちゃんもなにか尋ねられたんですか？」

「ええ、いろいろと……」

夢介は黙っていた。小絹は夢介の背中に向かって問いかけた。

「なにを尋ねられたか、聞きたくはないんですか？」

「なんで？　なんでわざわざ俺に確かめるんです？」

夢介が向きなおった。

「なんでって、それはあの岡っ引きが夢介さんのことを聞きたがってたから……」

夢介の顔からは笑みが引いていた。

「前にも聞きましたけど、夢介さんはここに来る前、幇間になる前は、なにをやってたんですか？　夢介さん、あなたはいったい誰なんです？　ここでなにをしようとしているんですか？」

「小絹ちゃん、そんな岡っ引きみたいな野暮をたて続けに聞くもんじゃありませんよ」

夢介は羽織を着ると、スッと小絹に背を向けた。

「待って、夢介さん。あたし、夢介さんが何者でもかまいません。あたし、ずっと夢介さんと同じお座敷に出ていたい。だから……」

夢介は置屋の出入り口でふり返った。

「どこにも行かないで！」

すがりつこうとする小絹を夢介は軽くいなした。

「なあに、玉子を買いに行くだけですよ。ちょいと腹がへったんでね」

夢介の顔には、いつもの笑みがもどっていた。

五

「わざと遅れて人の気を引くのもテだというが、今日のお前さんはちょいと待たせすぎたねえ」

吉原きっての大見世である三浦屋の二階で、宗俊は夏雲の手をキュッとつねった。

「お、痛ッ。変な仕返しはやめておくんなんし」

夏雲は整った眉根を寄せて顔をしかめた。

小さくまとまった、隙のない顔立ちが行灯の光の中で一瞬だけ濃い影をおびた。

「おや、それほど強くつねった覚えはありませんよ。お前さんが待たせてくれたおかげで、こっちはちょいと面白くねえ思いをさせられたんだ。これくらいの仕返しは、させてもらわないとね」

宗俊の脳裏に、夢介の威勢のいいかっぽれが浮かんだ。

「あの幇間め、これみよがしに額を腫らしおって。わしはさほど強く投げてはおらんぞ」

「幇間がいかがしんした？　ぬしはいったいなにを投げしんしたでありんすか？」

小首をかしげる夏雲に、宗俊はますますいら立った様子をみせた。

「ええい、うるさい。思い出したくもない」

まだ帯を着けたままの夏雲の手を強く引き、前に立たせるといきなり着物の裾を割った。

夏雲のすんなりとした素足があらわになる。

宗俊は目を細め、上から下まで舐めるようにして眺めた。

「わしはお前さんのこの白い脚が好きでねえ」

宗俊はたっぷりと刻《とき》をかけて、夏雲の脚をさすり上げた。

しだいに夏雲の息が熱をおびて荒くなる。整った顔立ちが険しく歪み、白い喉元が小さく波を打ち始めた。

その頃あいを見計らったかのように、宗俊は夏雲の片足を持ち上げた。

「どうだ？　夏雲、ひとつわしを足蹴にしてみい」

「あい？　なにをお言いでありんすか？」

夏雲の寄った眉根がわずかに開いた。

その宗俊は持ち上げた脚をさらにさすった。

「わしはまだ根っから信じられぬのだよ。お前さんが惚れこんでいた比企勢之助が心中したなんてね。そんな馬鹿げた話があるものか」

夏雲は荒い息のまま、目を宙にさまよわせた。

「まあ、いずれにせよ、あやつは神田川べりで死ぬ運命《さだめ》だったのさ。わしの仕組んだからくりでね。だが、あれっきり弟の辰之助の消息がとだえたのはおかしな話だ。そうは思わねえか。ええ？」

宗俊はいきなり夏雲の脚をキュッとつねった。

夏雲は「アッ」と小さな叫び声を上げて、身をよじった。

「お前さんもお前さんだ。勢之助に惚れたふりをしろと頼んだのはわしだが、本気で惚れこんでわしを袖にするとはね。まさか勢之助とつるんでなにかたくらんでいたわけじゃないだろうね？」

「勢之助さんはもうお亡くなりになりしんした。わっちはなにも知りんせん！」

「そうか。なにも知らんか。知らぬが仏とは、よく言ったものよ」

宗俊は鼻を鳴らしてうそぶいた。

「もう少しで、あの勢之助から影富のくじを手に入れたものを。死んじまっちゃあ元も子もねえ。おかげでこっちは強請のタネをつかみそこねたが……。幸いにも別の筋から例のくじが手に入ってねえ」

宗俊はさもおかしくてたまらないといった体《てい》で笑った。

「正真正銘の動かぬ証拠さ。天下の水戸様が自らのお屋敷でご法度の影富を張っておられるなんざ、誰も思いつくまい。これを元手に骨の髄までしゃぶらせてもらいますよ」

「じゃあ、ついに乗りこむんでありんすか？」

宗俊は笑いとばした。

「わしはお前さんみたいな気の強い女が好きなんだ」

宗俊はゆっくりと夏雲の前に四つん這いになった。

「どれ、悪事の前の景気づけに今夜はひとつ、お前さんの思いどおりになってやろう。なにも難しいこたあない。お前さんがいつも頭ん中で思い描いてる、そのままをしたらいいんだよ」

夏雲は着物の前を割ったまま、ためらった。

「どうした？　夏雲。こわくなったかい？　わしの気が変わらぬうちに蹴るなり踏むなり、好きにしてみい」

角行灯の光が、たっぷりと肉ののった宗俊の猪首を照らしている。

「わっちにとって、ぬしはこわい人でありんすけど……」

夏雲はキッと眉を固めて、その首根に足をのせた。

ぬらぬらと濡れたように光っている首根は意外にもひんやりと冷たかった。

夏雲は足にギリギリと力をこめて、踏みしめる。だが、宗俊の短軀は岩のようにびくともしない。

「おや、お前さんの本気はその程度かい？　こいつは見そこなったねえ。もう少し骨のある女かと思ったが」

宗俊はやおら身を起こした。

夏雲は勢いで襦袢の前をはだけたまま、尻もちをついた。

「いいか、夏雲。勝機ってものはね、見きわめが大事なんだ。今、お前さんは大事な機をのがしたんだよ」

「わっちには、そんな難しい話は分かりいしんせん！」

夏雲は小鼻を膨らませて身を起こし、素早く着物の前を合わせた。

「じゃあ、教えてやろう。一度のがしたものは、二度とおんなじ形じゃあめぐってこねえ」

宗俊は、ジリジリと夏雲ににじり寄った。

「悪事を働くのも命がけさ。生半可な気持ちでやっちゃあいけねえ。やるか、やられるか。そのどっちかだ」

「こわくはありんせんの？」

宗俊はのけぞるようにして笑うと、乱暴に夏雲の帯を解いた。

「そりゃあ、こわいさ。だけど、一度ハマっちまったら最後、二度と出られねえ。底なしの沼みたいなもんさ」

宗俊は再び夏雲の脚をさすると、荒々しく足首をつかんで割り入った。

「どうだい？　お前さんも一緒にハマってみるかい？」

夏雲は白い喉元を激しく波打たせながら、首を横にふっていた。

第四章　吉原にわか

一

勢之助とお紺の不審な心中一件をめぐって重八たちの探索が続くなか、いぶきのやでは小さな騒ぎが起きていた。

天狗小僧の寅吉がいなくなったのである。

「はて、寅吉め。どこへ行った？　まさかへそを曲げて山に帰ったのではあるまいか？」

篤胤はまるでわが子でも失ったかのように、半狂乱で寅吉をさがしていた。

「さように血眼になられずとも、そのうち戻ってまいりましょう。それこそ神隠しにでも遭ったのではありますまいか？」

藤兵衛がなかば呆れ顔で諭すと、篤胤は真顔で目を剝いた。

「まだ七生舞の絵もできあがっておらぬというのに、今いなくなられては困る。あれはわしがやっと見つけたのだ」

「いや、もとはといえば長崎屋の……。山崎先生が見つけられたのでは？」

篤胤はハッと思い当たったように手を打った。

「そうだ。長崎屋め。長崎屋がまた寅吉を取り返そうとしておるのやもしれぬ！」

「お父様！　おやめください！　みっともないですよ」

取るものもとりあえず駆け出していこうとする篤胤をピシャリと引き留めたのは、お長だった。

「いくら物知りでかしこいとはいえ、寅吉はもともと気まぐれな性質《たち》の子ども。一つ所にじっととどまっていられる性分じゃないんです」

(お長殿だとて寅吉と同い年の子どもであるのに……。やれやれ、女子《おなご》のほうがしっかりとしておるわ)

藤兵衛は首をすくめてお長を見やった。

ほっそりとした首をしゃんと伸ばして篤胤を諭しているお長は、とても十五には見えぬほど大人びていた。

「お父様がそんなに寅吉にこだわっていたら、お母様だってかわいそう」

「お長さん、よいのですよ。あたしはべつに」

台所から手を拭きながら出てきたお里勢は、篤胤とお長のただならぬ空気をすぐに見て取ったようだった。

慌ててお長を制するお里勢を篤胤はチロリと見やった。

「お父様、いい加減に亡くなったお母様の件はお忘れください！」

お長の勢いはまだ留まるところを知らなかった。

「お父様は亡くなったお母様にもう一度会いたいだけなんでしょう？　寅吉の語る神仙界やら幽冥界やらの話にやたらと興を示されるのも、そこに行けばお母様に会えると信じているからなんでしょう？」

「お長殿、いくらなんでもさように子どもじみた夢のような話……。国学者として高名を馳せる先生が信じておられるわけがございませぬ。先生が寅吉の話に興を持たれておるのは、あくまで学問として、国学の一環として、でございましょう？」

いたたまれずに藤兵衛が助太刀に入った。

しかし、篤胤は渋面のまま、表情ひとつ動かさない。

「先生？　まさか本気で信じて？」

藤兵衛が裏返った声で問いただすと、その刹那、篤胤は思いもよらぬ敏捷さで身をひるがえし、書斎に立てこもった。

「なんと素早い。脱兎のごとくとはまさにこのこと」
藤兵衛はピシャリと閉められた書斎の襖戸《ふすまど》をあっけにとられて見つめるばかりだった。
「先生！　先生！　どうか子どもじみた真似はおやめになって、ここを開けてくださ
れ！」
「無駄よ、藤兵衛さん。その部屋は『開かずの間』なの。お父様はなにかあるとその部屋
にこもってしまうの。一度立てこもったら、その気になるまで決して出てこないんです」
「そんな馬鹿な。なにが『開かずの間』でございますか。かようなふすま一枚、どうにで
もなりまする」
藤兵衛がひょいとふすまに手をかけるやいなや、「おやめくださいませ！」と鋭い声が
上がった。
それまで黙っていたお里勢が、目に力をこめて藤兵衛を見つめている。
「しかし、お里勢殿。いい歳をした大人が機嫌をそこねて部屋に立てこもるなど、あまり
に、子どもじみておりまする」
藤兵衛はお里勢の剣幕に驚き、ふすまにかけた手を引いた。
すると急にお里勢は目元をやわらげ、いつもどおりの柔和な笑みを浮かべた。
「ごめんなさいね、藤兵衛さん。どうかあの人の気のすむままにさせてやってくださいま

し」

藤兵衛は、お里勢とお長の顔を交互に見くらべた。

お長は「やれやれ」といった表情で、首を軽く横にふっている。

お里勢は笑みを浮かべたまま、篤胤が閉じこもった書斎のふすまを見やった。

「藤兵衛さん。あの人はいくつになっても子どもみたいな人なんですよ。初心《うぶ》で無邪気で、興を引かれるとなんにでも夢中になって。そりゃあ勝手なところもありますけど、悪気はないんです」

「しかし、お里勢殿はそれでよろしいのですか？　先ほどお長殿がおっしゃったように、先生の寅吉への執心が先妻の織瀬殿への執心だったとしても」

そこまで口にして、藤兵衛はハッと口をつぐんだ。

お里勢の笑みは変わらない。いっそう深くなったまなざしでふすまを見つめている。

（はて、お里勢殿には中にこもっている先生の姿が見えておるのであろうか？）

藤兵衛がふすまに目を移すと、お里勢は急にころころと笑い始めた。

「あの人がなにに執着してようと、あたしはまったくかまいませんの。もしも、織瀬さんへの執着があの人の学問熱につながってるなら、それはそれでいいじゃありませんか」

藤兵衛は「いや、しかし……」と口ごもった。

「あたしは、いつもなにかに夢中になっているあの人に惹かれて夫婦になったんです。夢中になるものがなにもなくなったら、あの人はまったくの抜け殻になっちまいます。あたしは、そっちのほうがよほどこわい」

藤兵衛は返す言葉が見つからず、「はあ」と感心してお里勢の顔をながめた。

(なんと練れたご妻女であろうか。先生より二枚も三枚も上手でおられるわい)

多少面やつれしているとはいえ、まだ女ざかりの色香がほのかにただよっている。

穏やかな表情の内に秘めた強さを、藤兵衛は垣間見た気がした。

「藤兵衛さん、ご心配ありがとうございます。なに、もうじき出てきますよ。こちらの話はすべて聞こえてるはずですから。あんがい地獄耳なんですよ、あの人……」

お里勢がふすまを指さして笑った。

そのやさきだった。

「先生！　先生！　おられますかい？」

おもてのほうがにわかに騒がしくなった。

(こんなときに、なんと間の悪い……。誰であろうか？)

藤兵衛が首をめぐらすと、ほどなくして重八がのしのしと床板を鳴らしながら上がりこんできた。

二

「ちょいと先生に会わせてえ人がおりやしてね、ほら、例の心中の件でどうも引っかかる話を耳にしたもんですから。今、外に待たせてるんで、先生さえよろしいようなら。あれ？　先生はどちらに？」

勝手に上がりこんできた重八は、篤胤が見当たらないのを見て取ると、特徴のある眼をギョロつかせた。

「お父様は『開かずの間』よ、重八さん」

お長がため息まじりにつぶやく。

重八は「ははぁ」とあごを撫でながら、ピタリと閉ざした部屋のふすまを見やった。

「また先生がへそを曲げやしたね。皆さんお揃いなのに寅吉の姿が見えねえところからすると、寅吉がいつもの気まぐれでも起こして、いなくなったんですかい？」

「まさにそのとおりでござる。どうして分かったので？」

目をみはる藤兵衛に「なあに、いつものことですよ」と重八は手をふった。

「こういうときはね、決まった文句があるんですよ。見ててごらんなせえ。先生は一発で出て来まさあ」

重八は軽く咳ばらいをすると、わざとおおげさな声を上げた。

「おい、寅吉。今ごろひょっこり帰《けえ》ってくるなんて。お前、いってえ今までどこに行ってやがったんでえ！」

途端に「開かずの間」のふすまが勢いよく開き、篤胤が顔を出した。

「ほれ、ご覧なせえ。あっしの言ったとおりでございやしょう？」

一同が「おお」と感心する中、得意顔の重八を篤胤は冷めた目で見つめていた。

「重八、お前も藤兵衛と同じく声の高い奴だのう。すべて聞こえておるわ。寅吉が帰ってきたなどと、見えすいた芝居をしおって」

「へっ？　じゃあ、どうして出てきなすったんで？」

篤胤は渋面のまま、鼻を鳴らした。

「わしに会わせたい客人がおると言うたであろう。いったい誰なのだ？」

「なんと、最初からちゃあんと聞こえていなすったとは！　そいつは話が早えってもんでやす。それで、会っていただけるんですかい？」

重八は今にも外で待たせている客を呼び寄せようと、後ろをふり返った。

「待て、重八。念のため聞いておくが、その客人とは女人ではあるまいな？」

重八はまた「へっ？」と頓狂な声を上げた。

「さすがは先生！　おこもりから出てきたばかりだってのに、冴えておられる。表に待たせてやすのは、いかにも女。まだ若い娘っこでやんす」

途端に篤胤の顔が曇った。渋面の上にさらに渋色を塗りこんだような苦い顔つきである。

「女の客人はわしにとって縁起が悪い。できればそのままお引き取り願いたいものだが」

急に気の進まぬ様子を見せる篤胤に、藤兵衛がハタと手を打った。

「さては先生、お紺殿の件を思い出してでございますか？　たしかにそもそもの始まりはお紺殿。お紺殿がこちらに来られましてからでございますが」

「分かっておる。分かっておるわ。これからお前がなにを言わんとしておるか。どうせお紺殿の相談を受けたのも天命。同じ天命ならばこたびも受けてたたねばならぬなどと知れたようなことを申すのであろう？」

「そのとおりにございまする！　そこまで分かっておられるならば、なおのこと……」

「もうよい。会おう」

篤胤はあきらめた顔つきでつぶやいた。

三

「なるほど。それで、その玉川夢介とかいう幇間がいなくなったんですね？」

篤胤は、重八が連れてきた娘の前で難しい顔をして腕組みをした。

娘の名前は小絹。吉原の女芸者で、つい最近初座敷をつとめたばかりだという。

（これはまたずいぶんと賢そうな娘だ。お紺殿も見目うるわしい女人であったが、こちらはまた趣きの違った美しさが……）

藤兵衛は、篤胤の前にかしこまった小絹をしげしげと眺めた。

身体つきも顔も総じて小さい。しかし、小さいながらも芯の通った強さがにじみ出ている。

「ええ、八朔《はっさく》の……、にわか祭りのころには戻ると書き置きがあったんですが、あたし、なんだかいやな気がするんです。このまま夢介さんはいなくなっちまうんじゃないかって。死んじまうんじゃないかって」

「して、小絹さんは、その夢介さんをさがしだしてほしいわけですね？」

篤胤の問いかけに小絹はコクリとうなずいた。

「ええ。死んじまう前にどうにかしてさがしだして助けたいんです。こちらの先生ならば、お代として面白い話をすれば人さがしをして下さるとうかがいまして」

篤胤の眉がピクリと動いた。

「さような話をいったいどこで？　よもや蕎麦屋ではありますまいか？　品書きに挿絵のある……」

小絹はきょとんと小首をかしげた後、「いいえ、あたし、そんな蕎麦屋は知りません」と首を横にふった。

「あちらにいらっしゃる門倉重八さんが、そのようにおっしゃったもんですから、あたし、こうしてついてきたんです」

篤胤は目をつり上げて重八をにらんだ。

重八はそしらぬ顔で、しきりに畳の縁を撫でている。

「元はあたし、重八さんから夢介さんのことを尋ねられて……。それで、あたしが夢介さんに『岡っ引きが嗅ぎ回ってる』なんて言っちまったんです。もしかしたら、それがいけなかったんでしょうか？　夢介さんには岡っ引きに知られたくないなにかがあったのでしょうか？」

篤胤は小さく咳ばらいをした。

「小絹さんとおっしゃいましたかな？　わざわざわしに尋ねるまでもなく、もう答えは出ておりましょう」

小絹は不思議そうに首をかしげて篤胤を見つめる。

「思い当たらぬようなら、わしが代わりに答えましょう。夢介さんは岡っ引きに知られたくないなにかを抱えておったのです。だから、そなたから『岡っ引きが嗅ぎ回っている』と聞いて、行方をくらました。つまり、逃げたのです」

「ちょっと待ってください。先生は夢介さんがどんな人かご存じないはずでしょう？　なのに、どうしてそんなふうに分かるんですか？　それに今、先生がおっしゃったことはあたしがさっき申し上げたままじゃありませんか？」

ますますいぶかしがる小絹に向かって、篤胤はフンと鼻を鳴らした。

「小絹さん、ご自身の勘を侮ってはなりませんよ。いや、小絹さんにかぎらず、人は誰でも生まれつき備わった勘というものがあるのです。この勘だけには、どんな易者もかないません。小絹さんの勘はピタリと当たっておられるはず」

自信たっぷりな篤胤の物言いに、小絹は顔を赤らめた。

「では、いったい夢介さんはなんで逃げたんでしょう？　岡っ引きに知られたくないなにかってなんなのでしょう？」

「それも、小絹さんはうすうす分かっておられるのでは？」

篤胤の目つきが射抜くように鋭くなる。小絹はますます顔を赤らめた。

「じつは、あたし、夢介さんについてもうずいぶんと前から気になっていることがあって……」

篤胤は「ほう」と目を細めて、あらぬほうを見上げた。

小絹はそれ以上、なかなか口を開こうとしない。かたわらにいる重八に目をやり、ここでしゃべってよいものかどうかためらっている。

篤胤は横目でその様子を見て取ったようだった。

「小絹さん、あなた、今までずっと一人で胸の内に秘めてきたのでしょう？　そろそろ、苦しくなったのではありませんか？　なに、ここにおる重八だったら気になさらずに。この者はたしかに岡っ引きですが、わしの手の者。悪いようにはいたしませんよ」

篤胤は重八と目を合わせてうなずき合った。

「じつはね、小絹さん、あんたの思い人の玉川夢介についちゃあ、あっしも気になってるところがあるんでやすよ」

重八が切り出すと、小絹は急に顔を上げた。

「夢介さんはあたしの思い人なんかじゃありません！」

頬が上気して赤らんでいる。

重八は「まあまあ」と手で制して、小絹を落ちつかせた。

「夢介は八朔の祭りの頃には戻ると書き置きをしたんでございやしょう？　なんでわざわざ八朔の頃なのか考えてみやしたかい？」

小絹は思い切り首を横にふった。

「そんなの分かりません！　もともと、夢介さんに戻ってくる気があるのかどうかもあやしいです。体《てい》のいい書き置きを残して、このまま消えちまうつもりなんです。きっと」

「いや、あんがい夢介はちゃんと戻ってくるかもしれませんぜ」

小絹はまじまじと重八の顔を見つめた。

「八朔のにわか祭りの間だけは、幇間と芸者の色恋が許されるって習わしがあるのを知ってやすでしょう？　だから、夢介は八朔に戻ると書き置きをしたにちげえねえ。つまり、夢介にはその八朔までに外でなにか済ませておきてえ用事があるんですよ」

重八は試すような顔つきで、小絹を見やった。

すると、それまで黙っていた藤兵衛がたまりかねて身を乗りだした。

「では、重八殿。その用事とはいったいなんなのでございましょう？」

「さあ？　それが分からねえもんだから、困ってるんでさあ」

重八はさも「お手上げ」とばかりに、両手をふり上げた。

「そもそもあっしが夢介に目をつけたのも、あいつになにかうさんくせえところがあったからなんでえ。だから、なにか手がかりはねえものかと、廓内でいろいろ聞き回ってたところ、この妓《こ》に当たってね。廓内じゃあ話しにくそうにしてたもんだから、ここに連れてきたってわけでやす」

小絹は「えっ！」と顔を上げて、篤胤と重八を見くらべた。

「じゃあ、人さがしをしてくれるって話は嘘だったんですか？」

「嘘じゃありやせん。嘘じゃありやせんて。いよいよ夢介が戻らねえときはさがしだしやす。だから、夢介について、あんたが知ってるところを全部教えてほしいんでやすよ」

「そんな、あたし……。本当になにも知らないんです。夢介さんはなにも教えてくれなかったから」

口ごもる小絹に篤胤がたたみかけた。

「先ほど、小絹さんは気になっているところがあるとおっしゃってましたな。そこをぜひ聞かせてほしいのです。あなたが気になってるというのは、すなわち、あなたの勘だ。先ほども申し上げたとおり、勘というものはヘタな易よりもピタリと当たる」

小絹はしばらく疑わしそうな表情を浮かべていたが、やがて意を決したように話し始めた。

「じつはあたし、前から感じてたんですけど、夢介さんは根っからの幇間じゃないと思うんです。きっと身分を隠してらっしゃいます」

「しかし、幇間なんてそんなものでしょう？　本業は医者だったり、寺の坊主だったり……」

藤兵衛が口をはさむと、小絹はきっぱりと首を横にふった。

「あたし、夢介さんはお武家様だと思うんです」

藤兵衛は「ほう」とうなって篤胤のほうを見た。

篤胤はあごを撫でながら「なるほど」とうなずいた。

「小絹さんがそれほどまでにきっぱりとおっしゃるからにはなにか理由があるはず。それをうかがえますかな？」

「しっかりした理由なんかありません。ただ、なんとなくそんな気がしてならないんです。身のこなしとかしゃべり方とか……。おかしいでしょうか？」

「いや、おかしくなんかありません。それも立派な勘です」

篤胤は優しげな声で切りだした。

「では、小絹さん。行方をさがす手がかりとして、今度、夢介さんが残した書き置きを預からせていただけますかな？」

「わかりました。お持ちします。でも、行先なんてどこにも書いてありませんよ」

小絹がけげんそうに篤胤の顔をうかがう。

篤胤は「けっこう、けっこう」とうなずいている。

「先生、本当に夢介さんはこれっきり死んじまうつもりなんじゃあ……」

「いや、さような心配はございませんよ。小絹さん」

篤胤の口調はやけにきっぱりとしていた。

小絹は少し安心したように篤胤の顔を見つめた後、「あの……、お代の件なんですけど……」と言いにくそうに口ごもった。

「あたし、先生の気に入るような面白い話はなにもできなくて……」

その様子を見ていた藤兵衛は、急にハタと手を打った。

「先生。小絹さんには、お代として、ひとつ長唄をやっていただいたらいかがでしょう？吉原の芸者なら、そこらの芸者より格が上というもの。いぶきのやでまことの吉原芸者の長唄が聴けるなど、こんな好機はありますまい」

「フン、どうせお前が聴きたいだけであろう？」

篤胤は鼻を鳴らしたものの、まんざらでもない顔をしている。

「あ、でも、あたし三味線を持ってきてません」

困った表情の小絹に、藤兵衛は「では、唄だけでも。ぜひ」と膝を詰めた。

「では、ひとつやらせていただきます」

ようやくその気になったのか、小絹は襟元を正すと、はりのある声で唄い始めた。

――黒髪の結ぼれたる思ひをば　とけて寝た夜の枕こそ　ひとり寝る夜の仇枕　袖は片敷く妻じゃといふて　愚痴な女の心と知らず――

一人寝の寂しさを切々と訴える唄である。

「これはまた、なんとも胸に迫る唄でございますな……」

藤兵衛がうなだれる。

篤胤も目を閉じて聴き入っている。

重八だけはギョロリとした目で一点を見つめ、しきりになにかを思案しているようだった。

四

小絹の長唄の節が、まだ耳の奥に残っている。

「あの歳であれだけ唄えるとは、大《てえ》したもんだ。さすが吉原芸者。格がちがう」

ひとりごちながら、重八は下谷長者町にある薬種商長崎屋の通用口が見渡せる場所に身をひそめていた。

(なあに。俺だって、そんじょそこらの岡っ引きたあ、格がちがうんでえ。いっぺん狙いさだめた勘どころは、めったなことじゃあ外さねえ。俺の勘じゃあ、奴はもうじき出てくる)

ひところにくらべて短くなったとはいえ、日はまだまだ長い。

夕方でもあたりはじゅうぶんに明るく、人足《ひとあし》もあった。

ときおり、閉じこめられた雷のような音を立てて腹が鳴る。

重八はそのたびに口元をゆがめて笑いながら、腹をさすった。

(こいつがこんな音で鳴るときは、いよいよまちげえねえ)

腹が減っているときほど、重八の勘は冴える。

長年のつとめで、重八は己の腹の空き具合と勘の冴え具合との関わりをよく心得ていた。

ギョロリとした目をこらして、通用口を見守る。

やがて、思ったとおり戸口が細く開いた。

（ほうれ、出て来やがった。まちげえねえ）

遠慮がちに細く開いた戸口は、やがて大胆に大きく開いた。

ほどなくして、中から小柄な人影がつるりとすべり出るように現れた。

なかなかすばしこい人影である。

重八は捕り物にかかる前の癖で、かるく衿元を撫でると、音もなく駆けだした。

小柄な人影が「アッ」と声を上げる間もなく、重八は人影を捕らえると、後ろ手にひねり上げた。

「俺がここで張ってるとも気づかねえようじゃあ、天狗ゆずりのお前の勘もいよいよ鈍ったか？　それとも、俺の岡っ引きの勘のほうが上だったか？　なあ？　寅吉」

寅吉は驚きのあまり、口を大きく開けたまま重八の顔に見入るばかりだった。

ふだんは鋭い目つきも丸く見開かれ、とても神童の呼び声高い子どもには見えなかった。

「お前、急にいなくなったふりして、なんで長崎屋にいるんでえ？　今どこに行こうとした？　誰かに会うのか？　ええ？」

寅吉はしきりに口を動かすものの、なかなか声となって出てこない。

「さっきから金魚みてえにパクパク口を動かしてねえでなんとか言ったらどうなんでえ！」

重八が凄みを利かせると、寅吉はさらに慌てた。

「これにはわけがあるんだ。おいら、逃げたりしねえから、この手を放してくんな。なあ、重八さんよう」

重八が手を放すや、寅吉は身体を震わせ、両手で自身の顔をパンパンとたたいた。

ふだんの生意気な目の輝きが戻り、ようやく天狗小僧の寅吉の矜持を取り戻したようだ。

「おいらが長崎屋にいるって、先生と藤兵衛にはくれぐれも内緒にしてくんな」

「お前、まさかいぶきのやの先生のところで世話になっておきながら、こっそり長崎屋の先生のところに戻って、よろしくやってたのか？　お前の魂胆はなんなんでえ？　おい、この俺にぜんぶ話してみやがれ」

寅吉は真顔になると「これにはわけがあるんだ」とくり返した。

「重八さんがことのしだいをぜんぶおいらにまかせてくれるなら、おいら、けっして悪いようにはしねえ。おいらにはおいらの策があるんだ」

「じゃあ、その策とやらをとくと聞かせてもらおうか？　今からお前の襟首をとっつかまえて先生の前につきだすも、なにも見なかったことにするも俺しだいだって忘れるなよ」

寅吉がゴクリと唾を呑む音が聞こえた。

「策ってのはよう、重八さん。先生が肌身離さず持ってる、あの文なんだよ。あの文さえ手に入れば、ぜんぶまるく収まるかもしれねえんだ」

「鶴間屋の伝右衛門が持ってきた文か？　亡くなったお紺さんの部屋から出てきたってやつだな？」

寅吉はゆっくりと深くうなずいた。

「そいつはできねえな」

重八は間髪容《い》れずに答えた。

「そうか。やっぱりな。あの文には先生の想が宿ってるんだもんな」

寅吉はガックリと肩を落とした。

「その文を手に入れてどうするつもりなんでぇ？」

寅吉は肩を落としたまま、首を横にふった。

「話せねえってのかい？　それじゃあ、俺と一緒に帰るしかねえなあ」

重八が腕をつかみかけた刹那、寅吉はいきなり重八の足元にひれ伏した。

「このとおりだ、重八さん。どうか見逃してくんな。せめてあと三日待ってくれ。三日経ったら、おいらまちげえなくいぶきのやに戻るからよう」

ふだんから己の知恵を鼻にかけ、誰に向かっても居丈高でへらず口をたたく寅吉が、ここまで低く出るとは……。

のがあった。

寅吉の思いもよらない態度は、重八の岡っ引きとしての勘に、なにかはたらきかけるものがあった。

重八は腕組みをして考えた。

「じゃあ寅吉、代わりに教えてくれ。お前がふだんから口にしてる神仙界の話だがなあ……。あれはぜんぶまことの話なのか？」

寅吉の小さな背中がピクリと動いた。

「お前は正真正銘、本物の天狗の元で修行してきたのかよ？」

重八は寅吉のそばにしゃがみこんだ。

寅吉の背中が小刻みに震えているのが見て取れた。

やがて、寅吉はキッと顔を上げた。

「重八さんよう、十手があんたの商売道具なら、刀は藤兵衛の商売道具だなあ？　なら、大角先生の商売道具はなんだ？」

目に鋭い光がきらめいている。

「そりゃあ、お前……。あの人の商売道具ときたら、学問だろう？　小難しいこたあ、俺には分からねえがよう」

寅吉は「それ来た」とばかりに膝を詰めた。

「なら、おいらの商売道具は神仙界さ。この道で飯を食っていくって肚を決めたときから、おいらの商売道具はこれしかねえのさ」

「つまり、お前はそんなうさんくせえものを……」

「うさんくさかろうが、なんだろうがかまわねえ。おいらは命がけでやってんだ。重八さんにだって、文句は言わせねえ！」

とても子どもとは思えない、あまりの気迫に重八は驚いた。

（食っていくために、大の学者先生二人を手玉に取るたあ、吉原の花魁並みの手練手管。大《てえ》した小僧だ）

重八はギョロリと寅吉の目を見た。

（えたいの知れねえ奴だが、悔しいくれえにいい目をしてやがるぜ）

「三日経ったら、まちげえなく帰ってくるんだな？」

寅吉は重八から目をそらさない。

（今まで俺が捕らえてきた奴らは、たいがい俺の、この目に負けたもんだが……）

重八は立ち上がって、寅吉を見下ろした、

「大角先生は半狂乱でお前をさがしていなさるんでえ。そいつを片時も忘れるなよ」

「ああ、忘れるもんか」

重八に目を据えたまま、寅吉も立ち上がった。

「お前にどんな策があるか知らねえが、恩を仇で返すような真似だけはしねえって約束できるか？」

「もちろんだ。おいら、約束だけはきっちり守るぜ」

重八は最後に念を押すように寅吉をにらみつけると、クルリと背を向けた。

「俺はなんにも見なかった。誰とも会わなかった。いいな？　寅吉」

背後で寅吉が深くうなずく気配を感じると、重八は来た道を大股でのしのしと歩いて戻った。

五

八朔（八月一日）は、もとは江戸幕府の初代将軍である徳川家康が江戸城に入った日である。それを祝って諸大名が白帷子《しろかたびら》を着て登城したのをきっかけに、吉原でも花魁たちが八朔には白無垢に身を包んで道中をするのがならわしとなっていた。

吉原の廓内にある九郎助稲荷《くろすけいなり》の祭礼も重なり、この日は幇間や芸者たちが思い思いの扮装をして町中で寸劇を演じる。これが吉原名物のにわかである。

この祭り騒ぎのおかげで、仲之町を中心に吉原全体が活気づき、数ある紋日の中でも、最もにぎやかな紋日の一つだった。

祭り騒ぎは八月いっぱいまで続き、にわかを一目見ようとやってくる見物客も後を絶たない。

篤胤と連れ立ってやってきた藤兵衛も、そんな見物客のうちの一人だった。

見物に誘ったのは篤胤のほうである。

「先生がにわかの見物だなんて、いったいどうなさったんでございますか？」

藤兵衛は篤胤のような学者は、騒がしい寸劇騒ぎなどとは無縁だと思っていた。

まさか一緒に吉原へ見物にくり出すとは、今だに信じがたい気分だった。

「なに、ただの気ばらしだ。たまには書物から離れるもよいと思うてな」

篤胤の表情からは肚の内が読み取れない。

「そういえば先生、書き置きによれば夢介は八朔の頃に戻るとのことでございましたな。まことにございましょうか？」

篤胤はすぐには答えず、しばらくしてぼそりとつぶやいた。

「あんがい、もう戻っておるやもしれぬのう」

「なんですと？　それは腑に落ちませぬ。まことに戻っておるのであれば、なにゆえわざわざ書き置きなどして行方をくらまさねばならなかったのでしょう？」

藤兵衛が食いつくと、篤胤はつまらなそうに鼻を鳴らした。

「急にいなくなれば、誰しも心配してさがす。逆をたどれば、夢介さんにはどうしてもさがされたくないわけがあったのであろう」

「なるほど、それで書き置きを……。そういえば、重八殿もおっしゃっておりましたな。夢介にはそこまでして外で済ませたい用事があったと。結局、その用事とはなんだったのでございましょうか？　もしや先生は、もう分かっておられるのでは？」

あれから篤胤は小絹が持ってきた夢介の書き置きとともに、再び「開かずの間」にこもった。

例のねり酒をちびりちびりと舐めながら、ひじ当て用の布を張った珍妙な文机に向かう篤胤の姿が、藤兵衛の脳裏に浮かんでいた。

「自ら預かりたいとおっしゃったからには、あの書き置きになにか想が湧いたのでございましょう？　今度はいったいどんな想が？」

藤兵衛の問いには答えず、篤胤はいつもの苦虫を嚙みつぶした表情で黙々と仲之町を歩いている。

仲之町は大門から入ってすぐ、吉原の中心をつらぬく目ぬき通りである。

両脇には江戸町、京町、角町と名付けられた町があり、通りに沿って妓楼が軒をつらねている。

吉原をして五丁町と呼ばしめた元吉原以来の町の名にくわえて、新吉原では江戸町の一角に新たに揚屋町、堺町が合わさり、八丁町となっていた。

あちこち目移りして浮足立つ藤兵衛をよそに、篤胤の目はつねに一点に定まっている。目の前の一点でありながら、じつは己のうちにある一点である。

そこかしこでくり広げられている寸劇も、目に入ってはいても見てはいない。笛や太鼓のお囃子も耳に入ってはいても聴いてはいない。

だが、向こうから白無垢を着た花魁が外八文字で、ゆっくりと道中を踏んでやってきたとたん、さすがの篤胤の足も止まった。

これから贔屓客に呼ばれて引手茶屋へと向かうのだろう。

昼に会うだけでも三分の金がかかるという昼三。遊女の中でも最高位の花魁にちがいない。したがえている禿たちも器量よしぞろいである。

紋日に吉原で遊ぶには、揚代がふだんの二倍にもなる。客としては紋日の登楼は避けたいものだが、紋日に客のつかない遊女はその揚代を自身で工面せねばならない。

だから、どの遊女もあらゆる手練手管で紋日に客を呼びこもうと必死だった。

しかし、こうして道中を踏んでいるところをみると、この花魁には紋日に呼び出しをかけるほど金回りのよい客がついているのだろう。

豊かな髪をみごとな横兵庫《よこひょうご》に結い、手のこんだ細工の簪を交互に挿している。

「まさに高嶺の花にございますなあ。あるいは高みを舞う蝶やもしれませぬ」

藤兵衛も足を止めて、道中が通りすぎるのを見送る。

大きく結った横兵庫の後姿は、さながら大きく羽を広げた蝶のようだった。広く抜いた襟から、におい立つような襟足がのぞいている。

「先生。あれが噂に聞く夏雲花魁では？　まさに夏空に湧く雲のような……。ぐいぐいと引きこまれるような美しさでございますなあ」

篤胤はチロリと道中に目をやったものの、すぐにもとの表情に戻った。

「鼻の下が伸びておるぞ。藤兵衛」と、ニコリともせずにくさす。

「八朔の白無垢は、もとはといえば元禄の頃、高橋とかいう太夫が病に臥せっておったとき、馴染みの客の登楼に合わせて病身をおして、白無垢のまま会うたのが由来だというぞ。あのように、やたら気の勝《まさ》った女子が袖を通したところで、趣《おもむき》に欠けるというもの」

「はあ。先生にあっては、さしもの傾城《けいせい》夏雲といえど、ひとたまりもありませぬなあ」

藤兵衛は苦笑いをした。

たっぷりと刻《とき》をかけた夏雲の道中が通り過ぎると、いよいよ幇間や芸者たちによるにわかも盛り上がりをみせた。

思い思いの格好に扮した芸者衆が山車に乗って、あちこちで即興の寸劇をくり広げている。

「やや、あれは助六でございますな。それがしに勝るとも劣らぬ男伊達にございまする」

篤胤は相変わらずニコリともしない。

しかし、藤兵衛の目を引いた助六は、仲之町の祭り騒ぎの中でもきわ立っていた。

剃き身の隈取りに鮮やかな紫の鉢巻。蛇の目傘を手にさっそうと歩く姿は、男女を問わず、誰もがふり返って二度見するほどだった。

「いったい誰が扮しておるのでございましょうか？　まことの役者も顔負けの色男にございますな。かような者が吉原におったとは、女たちも放っておきますまい」

助六を囲む人だかりはしだいに大きくなっていく。

篤胤は少し歩調をゆるめたものの、人だかりにはくわわろうとしない。

そのうち、人だかりの中から大きな歓声が湧き始めた。

「いったいなにごとにございましょう？　それがしがひとつ見てまいりましょう」

篤胤は引き留めようとはしなかった。

藤兵衛は人だかりにまぎれ、ひょいと中をのぞきこんだ。

すると、どうやら助六が見物客に「股くぐり」を呼びかけて喧嘩を売っているらしかった。

堂々とした美声で、しきりに「股ぁくぐーりぃ！」と叫んでいる。

（なるほど、ここで芝居と同じく「股くぐり」をやろうというのか。なかなか粋なものだ）

藤兵衛は感心しながら見守った。

しかし見物客の中からは、売られた喧嘩を買おうとする粋な客はなかなか現れない。

（やれやれ。助六芝居に荒事はつきもの。それが分かる者は一人もおらぬのか。今日の客はそろいもそろって無粋ばかり。どれ、ここはひとつ、俺が）

藤兵衛は軽く咳ばらいをすると、人だかりの中を進んで助六の前へおどりでた。

「にわかの輿に乗って、往来で『股くぐり』とは粋な計らい。八朔の日にちなんで、それがしもひとつ、そこもとの股をくぐって、大権現様のご威光をお祝い申し上げようぞ！」

助六は剝き身の隈取りの奥で、かすかに驚いた表情を浮かべた。

動きを止めて、呆けたように藤兵衛を見つめている。

(はて、この助六。昔、どこかで一度会《お》うたような……)
藤兵衛は隈取りを施した助六の顔に、じっと見入った。
(やれ、気のせいか。そもそも吉原なんぞ、滅多に来たためしはないものを)
「どうした？　なにを驚いておる？　大声で股をくぐれと申したは、そこもとぞ」
一度浮かんだ思いを打ちけし、藤兵衛は叫んだ。
助六は急にわれに返ったようだった。
藤兵衛のほうに向き直ってうなずくと、いきなり股を大きく開いた。
「股ぁくぐーりぃ！」
突然の藤兵衛の登場に静まり返った人だかりが、再びにぎわい始める。
藤兵衛は腰の大小を取ると、先に助六の股の下から向こう側へと地を滑らせた。
「いいぞ！　お侍《さむらい》！」
藤兵衛に向けて人だかりの中から、威勢のいいかけ声があがる。
藤兵衛はじゅうぶんに間を取ってから、低い姿勢をとった。
ここが見せ所とばかりに、そろりそろりともったいぶりながら地面に手をつく。
人だかりからは、やんやの歓声である。
藤兵衛はますます調子に乗った。

滑稽な動きを見せながら、たっぷりと刻《とき》をかけて助六の股をくぐる。

まさか吉原のど真ん中で、大勢の観衆に囲まれて股くぐりをするとは夢にも思わなかった。

自身の突然の思いつきと、軽はずみを悔いる気持ちがなくもなかった。

しかし、観衆からの思いの外の大歓声が藤兵衛の心をゆるめた。

(まあよい。まあよい。これもにわかの祭りのうちだ)

われに返ったときには、藤兵衛はみごとに助六の股をくぐり終えていた。

どっと湧くような拍手と喝采である。

藤兵衛は異様な気持ちの高まりを覚えた。

(はあ。なんであろうか。剣術の試合で勝ちを収めたときの境地に似ておる。もしや、芸事に身をやつしている者たちは、この境地を得たいがために日々の稽古に励んでおるのであろうか)

腰の大小を拾ってゆっくりと元に戻すと、藤兵衛は慌てて首を横にふった。

(いや、いや、それがしの本分はあくまで武士。かような祭り騒ぎに浮かれておる暇はない)

「さて」と己をいましめて顔を上げたところ……。

藤兵衛は目の前に立ちはだかるように立っている篤胤の姿を認めた。

隣にはいつの間に現れたのか、重八もひかえている。

「先生！　重八殿！　まさかご覧になっておられたとは」

「みごとな股くぐりであったな、藤兵衛。たいしたものだ。お前にさような度胸があったとは知らなんだ」

皮肉とも嫌味ともつかない口調である。

「申しわけございませぬ。つい図に乗りまして、出すぎた真似をいたしました」

篤胤はなにも答えず、人だかりの反対側を見つめている。

藤兵衛もつられて、篤胤と同じほうを見やる。

すると、そこには藤兵衛に続いて股くぐりをする者たちの列ができていた。

「お前が図に乗ったおかげで、もしやすると、今日はいよいよ事態が動きだすやもしれぬ」

藤兵衛は篤胤の言わんとしているところをつかめず、ポカンとした表情を浮かべた。

「先生のおっしゃるとおりだ。ほら、出てきやしたぜ」

重八があごをしゃくったほうを見る。

羽織姿の恰幅のよい男が敵娼《あいかた》の夏雲をともなってゆっくりとこちらへ向かってくるとこ

ろだった。

六

「あれがくだんの河内山でやすよ、先生。まちげえありやせん。見かけはいかにも好々爺然としておりやすがね」

「いや、あれは一癖も二癖もある相をしておる」

篤胤は、きっぱりと言い切った。

「先生は人相も観られるんでやすか？　こいつぁ、かなわねえや」

男は堂々とした足取りで、人だかりのほうへやってきた。夏雲と夏雲についている遊女や禿たちまで従えて、まるで大名行列のような物々しさである。

(河内山宗俊。なるほど一癖も二癖もありそうな面がまえだ)

藤兵衛は宗俊の脂ののった、照りのよい顔をつくづくとながめた。

それまで股くぐりを見物していた客たちも、今度は宗俊たちの行列のほうに気を取られだした。

人だかりの一角がくずれて、おのずと宗俊たちに道を開けるような形となる。

やがて、助六が宗俊に気づいた。

助六の表情にピンと糸を張ったような緊張が走る。藤兵衛はその瞬間を見のがさなかった。

(や、なにやら様子が変だぞ。あの助六、なにか仕かけるつもりだ。いったいなにを……)

藤兵衛が二人の様子をうかがっていると、やおら助六が声をはり上げた。

「股ぁくぐーりぃ!」

まるで宗俊に挑むかのような声音である。

宗俊のしたがえている行列から歓声が上がった。

「なんと! あの曲者の宗俊に股くぐりをせよというのでございますか。助六もさる者。これは見ものでございますなあ?」

藤兵衛は笑いながら篤胤を見やった。

篤胤は先ほどとはうってかわって険しい顔をしている。

「先生、いかがなさいましたか? それがしが股くぐりなどしたせいで助六め、図に乗ったのでありましょうか? よりによって今度は強請屋の……」

篤胤は最後までしゃべらせず、「藤兵衛！」と叱りつけるように声を上げた。

「気の流れが変わった。お前も気づいたであろう？」

今度は押し殺したような声である。

篤胤は鋭い目で助六の動きを見すえている。

「股ぁくぐーりぃ！」

助六は宗俊に向かって、さらに声をはった。

宗俊のかたわらにひかえていた夏雲がなにやら耳うちをしている。

どうやら宗俊に股くぐりをうながしているらしい。

すでにいくらか酒をあおった後らしく、宗俊は赤銅色に染まった顔にゆるんだ笑みを浮かべていた。

「やい、助六！　お前はわしがどこの誰と知って、股をくぐれなどとけしかけておるのか？」

宗俊は、酒やけした声で凄んだ。

顔は笑っているが、声は決して笑っていない。

（なるほど、噂に高い強請屋だ。顔で笑いながら、声だけでここまで凄味を利かせられるとは……。この声で何人、強請ってきたのであろうか）

しかし、助六も負けてはいなかった。

「どこの誰とは知らねえが、無粋ぞろいの客の中、俺が声をかけるに足る客は、さっきのお侍とおぬしだけと見た」

宗俊は不敵な笑みを浮かべたまま黙っている。

「今日は八朔祝いのめでてえ日。ぬしも男なら、ひとつ俺の股をくぐって男を上げてみやがれ！　さあ、くぐるのか、くぐらねえのか！」

助六は本物の役者顔負けのにらみをきかせて、宗俊を見すえた。

人だかりの中にまんじりともしない静寂が流れる。

やがて、宗俊がカッカッと太い高笑いを放った。

「男を上げてみろだと？　このわしに向かって、よくもまあ……。見上げたものだよ。だが、お前さんの向こう見ずなところは気に入ったねえ。なに、助六芝居に荒事はつきもの。堂々と受けて立とうじゃないか」

周囲がどっと湧いて、様々なかけ声が飛びかう。

「やや、あの強請屋がまさか股くぐりを……。これは面白くなってまいりましたなあ」

興奮して身を乗りだす藤兵衛を、篤胤は横から制した。

相変わらず、助六の動きを鋭い目つきで見張っている。

「先生、いかがなさいましたか？　助六がなにか……」

その刹那、篤胤が藤兵衛の袂を強くつかんだ。

「殺気が流れておる。気の流れが変わったのは、この殺気のせいかもしれぬ。藤兵衛、助六から目を離すなよ」

藤兵衛は助六を注視した。

隈取りの下の表情はよく分からないが、たしかに藤兵衛が股くぐりをしたときとは気配が違っている。

藤兵衛はさらに助六の動きを目で追った。

「蛇の目だ、藤兵衛。助六の蛇の目傘をよく見よ」

篤胤の押し殺した声に藤兵衛はハッと気づいた。

「まさか……。仕こみ傘！」

助六が宗俊に向き直って股を広げる。

その股の間をくぐろうと、まさに宗俊が身を低くしたところだった。

隈取りの奥で、助六の目がギラリと光った。

手にした蛇の目傘の柄を握り直す仕草が藤兵衛の目に留まった。

「待たれよ！」

藤兵衛はとっさに叫んで、背後から助六に抱きついた。

羽交い絞めにして力をこめると、助六は動揺したのか、手にしていた蛇の目傘を落とした。

人垣からは驚きの声が上がり、宗俊は姿勢を低くしたまま呆気に取られた顔で、藤兵衛と助六を見上げている。

助六は後ろから絞め上げられるまま、あらがわなかった。

だが、藤兵衛が落ちた傘に気を取られた隙に、自身の両手を組んで腰を落とし、全身の重みを藤兵衛に預けてきた。

藤兵衛が助六の重みに苦戦するとみるや、助六はさらに足で地面を蹴った。

まるで藤兵衛の上に腰かけるがごとく、助六の全身が勢いよく藤兵衛の上に乗りかかる。

とうとう支えきれなくなり、藤兵衛は尻もちをついた。

すると助六は素早い身のこなしで起き上がり、藤兵衛のひじを抱えこんだ。

(しまった。このまま手首をひねり上げられてはたまらぬ!)

藤兵衛が焦ったやさき、白酒売りに扮した芸者が間に入って、助六を止めた。

「夢介さん！　もうやめて！　その人の手を放してあげて」

「やや、そなたは小絹殿！」

藤兵衛は白酒売りの顔を間近に見て、驚きの声を上げた。

「藤兵衛さん、大丈夫ですか？　いったいどうしてこんな……」

「どうしてもこうしてもございませぬ。この助六が今……」

藤兵衛は助六から身を離し、転がっている蛇の目傘を拾い上げた。

急いで傘の柄をたしかめる。

「きっと、このあたりに刃が仕こまれているはず」

しかし、傘はなんの仕かけもない、ただの蛇の目傘である。

藤兵衛の額に玉の汗が噴きだした。

「お武家様、その蛇の目は手前の大事な小道具。どうかお返し願いたく……」

助六が乱れた黒羽二重を直しながら、藤兵衛のほうに向きなおった。

その顔を見たとたん、藤兵衛は思わず「あ！」と声を上げた。

助六はなに食わぬ顔で、藤兵衛の手から傘を抜き取ると、クルリと背を向けた。

「藤兵衛さん、傘がどうかしましたか？　なにをそんなに驚いていらっしゃるの？」

白酒売りの小絹が不思議そうに首をかしげる。

「小絹殿。さきほど『夢介さん』とおっしゃいましたな。もしや今、助六に扮しておるのが夢介殿か？」

「ええ、そうです。おかげさまで無事戻ってきてくれたんです。その節は、大角先生にも藤兵衛さんにもいろいろお世話になりました」

頭を下げる小絹の向こうでは、一人放り出された風情で宗俊が佇んでいた。いきなり始まった、目の前の寸劇の意味を解しかねているらしい。

「やれやれ、とんだ横やりが入ったものだ。わしの見せ場が台なしだわい」

憤慨する宗俊に向かって、助六がうやうやしく頭を下げる。

「にわかに飛び入りはつきものですれば、気を取り直して今一度……」

「いやあ、もうたくさんだ！　ヘタな横やりで、すっかり気分が悪くなった。わしは帰る！」

宗俊は踵を返して、引手茶屋に引き揚げていく。

まるで申し合わせたかのように人だかりの波も引き、べつの即興芝居のほうに流れていった。

藤兵衛は一人でしばらく放心して往来の真ん中に座りこんだ。

いつの間にやら助六は雑踏の中へ消え、白酒売りの小絹も消えていた。

「藤兵衛、藤兵衛。しっかりせい」

顔を上げると、篤胤が珍しく労わるような目で藤兵衛を見下ろしていた。

七

「先生、それがしの目は節穴なのでございましょうか？」

藤兵衛は放心したまま、助六の一行が去った方向を見つめていた。

「いや、藤兵衛さんの目は節穴なんかじゃありやせんぜ。あれは、たしかに仕こみ傘でやした。少なくとも、あの助六はそのつもりでいやした」

篤胤の代わりに、重八がかたわらに寄ってきて答えた。

「はて、重八殿。それはいかがな……」

藤兵衛は座りこんだまま、重八をふりあおいだ。

「あの助六は藤兵衛さんのにらんだとおり、たしかに仕こみ傘で強請屋の河内山を斬ろうとしてやした。先生も気づきなさったとおり、奴はそれくれえの殺気を放っておりやした。そこまではまちげえねえ」

「しかし、それがしがあらためたところ、あの傘はまったくの蛇の目傘。なんの仕こみも仕かけもない、ただの傘でございましたぞ」

藤兵衛は狐にでもつままれたような顔である。

「ですから、藤兵衛さん。誰かが途中で、いや、もしかすると最初から傘をすり替えたんでやすよ」

藤兵衛は「なんと！」と叫んで膝を打った。

篤胤は二人のやり取りを黙ってじっと聞いている。

「では、いったい誰が傘を……。まことに不可解な一件にございますな」

しばらく腑に落ちぬ顔で考えこんでいたものの、藤兵衛は急にあらたまって話を切りだした。

「じつはもう一件。まことに信じがたき儀が……」

「申してみよ。藤兵衛」

篤胤がうながす。

藤兵衛はゴクリと唾を呑んだ。

「それがし、あの助六に見覚えがありましてございまする。最初はよう思いいたりませなんだが、さきほど組合うて後に間近に顔を見て、ようやく思いいたりましてございまする。あの助六は……」

藤兵衛は顔をゆがめて、吐きだすように叫んだ。

「あの助六は、それがしのかねてよりの剣術仲間。比企勢之助ではありますまいか？」

篤胤と重八は互いに顔を見合わせた。

「しかし、藤兵衛。勢之助さんはお紺さんと神田川で……。お前もわしとともに遺体を見たであろう？」

篤胤の口調には諭すような響きがあった。

「いかにも！　いかにもさようにございまする」

藤兵衛は困惑して頭を抱えた。

「だからいっそう説明がつかぬのでございます。それがしは幻でも見たのでございましょうか？」

「いや、幻なんかじゃありやせんぜ。藤兵衛さんが羽交い絞めにした助六は、たしかに生身の男でやした」

重八が口をはさむ。

「もし、藤兵衛さんのおっしゃるとおり、あの助六に扮した男が勢之助さんだったとしたら、死んだはずの勢之助さんがじつは生きていたって話になりやすね」

「しかし、それでは神田川で引き上げられた遺体はいったい誰の遺体だったのでござるか？」

重八が口をつぐんでうつむく。

すると、篤胤がなにかに思い当たったように顔を上げた。

「藤兵衛、勢之助さんにはたしか、双子の弟御がおいでだったのぅ？」

「いかにも。勢之助が勘当された際、家督を継ぐはこびとなった弟が……。辰之助とか申しましたでしょうか」

篤胤は鋭い目つきで藤兵衛をじっと見つめた。

「先生、まさか、あの遺体は辰之助のほうだと？」

「いや、その逆もあり得る」

「その逆とはつまり、あの遺体はやはり勢之助で、助六に扮していたほうが辰之助というわけで？」

藤兵衛は「なるほど」とうなずいたものの、すぐに頭を横にふった。

「それがし、長年ともに稽古を積んだ剣術仲間は忘れませぬ。それがしが忘れても、それがしの身体が覚えておりまする。あの感触、あの気配……。あれはどうにも勢之助本人。いかに見目形が似ていようと、気配まで真似できるものではありますまい」

藤兵衛の表情はしだいに苦悶の表情となっていった。

「もし勢之助が生きておったのだとすれば、仲間として、友人として、もちろん嬉しゅうございます。しかし、さような話がまことに成り立つものやら……。ああ、いっそ気づかねばよかった。正直なところ、それがしの目が節穴であってくれればと願う気持ちもございまする」

篤胤は藤兵衛から目をそらし、重八のほうに鋭いまなざしを投げた。

重八も心当たりがある様子で、篤胤のまなざしを受けてうなずいた。

「とにかくあの助六の後を追うてたしかめるが肝心じゃ」

八

篤胤、藤兵衛、重八の三人は人ごみの中を練って、助六の一行をさがした。しかし、あれほど目立っていた一行が、どこにも見当たらない。

「はて、もう置屋へ引き揚げたのでございましょうか?」

三人は改めて吉原の裏長屋の一角にある芸者置屋の旭屋を訪ねた。

長屋にしては珍しい二階建てである。

芸者たちは皆、にわかの祭りに出はらっているのか、中は火の消えたような静けさだった。

「もし！　誰か残っておられるか？」

藤兵衛が声をかけると、二階へ続く階段からギシリと軋む音がした。

「その声は、もしや藤兵衛さん？」

心なしか声が震えている。

「いかにも！　それがしはいぶきのや門弟の浦野藤兵衛でござる。大角先生と重八殿も一緒にござる」

すると、勢いよく階段を駆け下りる音がして、青ざめた顔の小絹が現れた。

白酒売りの衣装を脱ぎ、化粧も落とした小絹は小さな顔の中で目ばかり大きく見開いている。

藤兵衛たちの顔を見て、それまで押さえていたらしい涙をどっとあふれさせた。

「夢介さんが……。夢介さんが大変なんです。ああ、あたしが余計な手出しをしたばっかりに」

いきなり泣きくずれる小絹を前にして、藤兵衛たちは思わず顔を見合わせた。

「小絹殿、いったいいかがなさいました？　夢介さんがいかがいたしました？　余計な手出しとはなんなのです？」

小絹は涙をぬぐい、懸命に落ち着こうとしていた。

「夢介さんが連れて行かれてしまったの。いかにも人相の悪い男が来て……。あの男、きっと刺客だわ。練塀小路の旦那様の……」

「なんですと？　練塀小路の旦那様とは、先ほど股くぐりをするはずだった河内山宗俊でござろう？　なにゆえ、河内山宗俊の刺客が夢介さんを？」

小絹は嗚咽をこらえながら、藤兵衛の目を見すえた。

「それは分かりません。でも、とにかく夢介さんは助六に扮して、あの練塀小路の旦那様を殺《あや》めようとなさっていたのです。おそらく旦那様を殺めたら夢介さんもその場でご自害なさるご覚悟で。あたし、だいぶ前から気がついてたんです。だから、前もって仕こみ傘を蛇の目にすり替えて……」

「なんと！　小絹殿がすり替えたのでございましたか！」

「ええ。でも、あたしが余計な手出しをしたばっかりに夢介さんは逆に刺客に気付かれ、連れて行かれる羽目に……。ああ、藤兵衛さん。どうかお願いです。夢介さんを助けてください」

小絹はポロポロと大粒の涙をこぼした。

「落ち着いてくだされ、小絹殿。夢介さんはいったいどこに連れて行かれたのです？」

藤兵衛が小絹の肩をつかみ、落ちつかせようと揺さぶった。

その剣幕に小絹は、急に正気に返ったようだった。

「袖すり稲荷……。たしか、そのように聞こえました。ここでは皆に迷惑がかかるから、袖すり稲荷でケリをつけるとか」

「承知いたした。袖すり稲荷でござるな。では、それがしも後を追ってまいりまする」

藤兵衛は小絹から手を離すと、踵を返して出て行こうとした。

そのやさき、篤胤が鋭い声で「藤兵衛！」と呼び止めた。

「なにゆえ、お前が行くのだ？」

篤胤は眼光鋭く藤兵衛を見つめている。

「小絹殿から頼まれた以上、行かぬわけにはまいりませぬ。それに、それがしにはどうにもあの玉川夢介が、比企勢之助のような気がしてならぬのでございます。もう一度、この目で確かめとうございますれば！」

篤胤は藤兵衛を見すえたまま「さようか」と低くつぶやいた。

すると、かたわらにひかえていた重八が、急に合点がいったように膝をたたいた。

「分かりやしたぜ！　一連の流れが今、つながりやした。あの助六の正体が水戸家家臣、比企東左衛門《とうざえもん》の息子、比企勢之助だとしたら……。勢之助さんにはわざわざ助六に扮してまで河内山を斬ろうとする理由がなくもねえんでさあ」

その場に居合わせた三人の視線が一斉に重八に集まった。

「して、重八殿。その理由とは？」

藤兵衛の声が高くうわずった。

「じつはあの強請屋坊主が水戸様を強請っていやがるらしい。そんな噂があるんでやすよ。火のねえ所に煙はたたねえ。噂が本当だとすりゃあ、勢之助さんが強請屋を斬ろうとなさるのも合点がいきまさあ」

「つまり、水戸様には強請られるような、なにかのっぴきならぬ弱みがあると？」

あごのあたりをしきりに撫でていた篤胤は、鋭いまなざしを重八に向けた。

重八はあわてて手をふり、篤胤を制する。

「先生のおっしゃりてえところは分かりやす。『水戸様が抱えておる弱みとはなんなのだ？』でございやしょう？」

重八は「勘弁してくれ」とばかりにうつむいた。

「さすがにまだそこまでは分かりやせん。ただ、水戸様が必死になにかを隠そうとなさってるのは事実でやす。河内山の奴、そこにつけこんで……」

「待ってください。では、夢介さんは本当はその……、水戸様のご家臣の？」

小絹は口元をわななかせた。

「いや、まだはっきりとは決まっておりませぬぞ」

否定する藤兵衛をさえぎるように、小絹は続けた。

「じつはあたし、ずっとそんな気がしてたんです。夢介さんは本当はお武家様で、なにか理由があって幇間に身をやつしているんじゃあないかって……」

小絹は急に藤兵衛にしがみつかんばかりに懇願した。

「でも、あたし、夢介さんが本当は誰だろうと、そんなことはどうでもいいんです！　とにかく夢介さんが心配。藤兵衛さん、どうかお願い！　夢介さんを助けてください。お願いします！」

「あい分かった。小絹殿、どうかご安心召されい。この浦野藤兵衛、なんとしても夢介さんをふたたびここへ連れ戻してまいりましょうぞ」

藤兵衛は袖をつかんでいる小絹の手をそっと外した。

篤胤が二人のやり取りを厳しい表情で見守っている。

「しかと頼みやしたぜ、藤兵衛さん」

泣き崩れている小絹をなだめながら、重八が念を押す。

藤兵衛は深くうなずくと、口元を引き結び、袖すり稲荷へと向かった。

九

「昼間の……、あの助六だがね。にわかの芝居にしちゃあ、みごとな男伊達だった。たしかに男伊達にゃあ違いないが、ありゃあ、凶相だねえ」

三浦屋の二階、夏雲の座敷で河内山宗俊は酒に灼けた声でつぶやいた。

いかにも独りごちているようで、そのじつ、夏雲に聞かせたい肚の内は、よく見えている。

「凶相とはまた……。ぬしは人相見もなさるんでありんすか？」

聞こえぬふりもできず、夏雲が尋ねる。

宗俊は抜き身の刀のようにギラリと光る一瞥を夏雲に投げた。

「凶相も凶相。一等の凶相さ。なにも人相見のいろはなんぞ知らんでも、一目で分かる。あやつは、ひょいとした隙に人の心に入りこんで、人を虜《とりこ》にする魔物だよ。しかも、すべては当人の算段の外と来てやがる。こいつは相当に始末が悪い」

夏雲は宗俊と目を合わせようとしない。

「あやつの弟は、双子だけにあやつと同じ目鼻立ちをしておったが、あやつのような凶相とは違った。かわいそうに、時を同じくして生まれ落ちていながら、同じ顔をした兄にふり回されたんだろうねえ」

「あの助六に、双子の弟がありんしたか？」

宗俊は低い声で部屋いっぱいに響きわたるように笑った。

「さすが、三浦屋で堂々とお職を張れるだけの花魁だ。空とぼけた芝居も堂に入ったもんだ」

小首をかしげる夏雲に向かって、宗俊はさらに続けた。

「あの助六が誰だか、わしが知らぬとでも思っておるのかい？　ありゃあ、お前さんの間夫の比企勢之助だろう？」

「なにをお言いでありんす？　比企勢之助様は神田川で心中を遂げなさいんした」

宗俊はさらに大声を上げて笑った。

笑い声は笑うほどに凄みを増して、豪勢な三間続きの座敷を揺るがすほどだった。

恐れをなした夏雲はじりじりと後退《あとじ》さる。しかし、緋縮緬の襦袢の裾が絡まって、もどかしいばかり。

宗俊はうろたえている夏雲の元にズイと迫り、そのまま、夏雲の手を後ろ手にひねり上げた。

「ひえェェッ」

押し殺しても殺しきれない悲鳴が、夏雲の白い喉から漏れる。

「悪事を働くにも命がけだと、わしは前にも言ったねえ？」

宗俊のなぶるような声色が、肉置《しし》きのよい夏雲の身体を震わす。

「比企勢之助の弟……。辰之助も命がけだったよ。命がけでわしのところへ来やがった。お家《いえ》の行く末、藩の命運。すべてを賭けて兄を殺してくれるよう頼みに来たのさ」

夏雲の手をひねり上げている手に力がこもった。

夏雲はもはや悲鳴すら上げられずにいた。

奈落の底から突き上げてくるような恐怖に耐えられず、いっそ今すぐにでも事切れたいと願った。

「ぬしは……、こわい人でありんす」

宗俊はまた大声で笑った。

「馬鹿を言っちゃいけないねえ。わしなんぞまだかわいいもんさ。弟をそこまで深い嫉妬の沼に引きずり込んだ勢之助にくらべたらね」

笑いながらも決して手はゆるめない。

「いいかい？　夏雲。お前の惚れこんだ男は、そんな底無しの沼みたいに恐ろしい男なんだよ。そんな男にいくらまことを立てたって無駄さ。お前もいつの間にか沼に引っ張りこまれて一緒にお陀仏。もっとも、今ごろはさすがの底無し沼もわしの放った刺客に殺られてるだろうがね」

ハッと息を呑んだ夏雲の顔色を見て取るや、宗俊の笑い声はそれまでの低さから一変して、不気味なほどの高笑いとなった。

「まるで狐と狸の化かし合いだねえ。わしが気づいてないとでも思ったかい？　幇間の玉川夢介の正体が比企勢之助だなぁんてくらい、わしは当初からお見通しだったのさ。始末しようと思えばいつだってできた。だけど、向こうがせっかくの大芝居を打ってきたんだ。すぐに幕を下ろさせちまうのも野暮だと思ってねえ」

宗俊はグイッと夏雲に顔を近づけた。

「騙されたふりをするのもまた楽じゃあないが、おかげでここしばらくは退屈をせずにすんだ。あらためて礼を言うよ」

夏雲はかすかに目を逸らしたものの、意を決めて強い眼差しで見かえした。

底知れぬ恐怖の中でおののきつつも、花魁としての矜持だけは、どうにか保たれていた。

「おお、その目だよ、夏雲。わしはお前さんのその目で見られるといつもたまらなくなる」

その刹那、宗俊はやおら夏雲の手を離して、突き飛ばした。

贅を凝らした三つ重ねの夜具の上に、緋縮緬の襦袢の裾がパッと花開いたように広がる。

宗俊は夏雲の上に悠々としゃがみこむと、懐に隠し込まれていた短刀をスッと抜き取った。

「しくじった助六の代わりに、こいつでわしを刺してまことを立てるつもりだったんだろう？　それも当初《はな》からお見通しさ。もう少し楽しませてもらってもよかったが、案外早く飽きが来ちまったもんでねえ」

宗俊は短刀の刃を抜くと、夏雲の白い首筋にピタリと当てた。

角行燈の光の下で、短刀の刃が夏雲の肌にも負けぬ白さで輝く。

「あやつも今ごろはどうなっていなさるか……」

宗俊はニヤリと笑うと、サッと短刀の刃を納めた。

「こいつはわしが預かっておくよ」

宗俊は懐に短刀をしまって、緋縮緬の襦袢の下から伸びた夏雲の素足をさすった。

「さて、刺客が戻るまで、今宵はゆるりと酒でも酌み交わすとするか？」

心底面白くてたまらぬ、といった具合に、宗俊は丸い腹を揺らせて笑い続けていた。

十

浅草田町にある袖すり稲荷は厄除け、願望成就の霊験あらたかで、皆がこぞって神籬《ひもろぎ》に袖をすり合うようにして参拝したのが、その名の由来といわれている。

平素から無信心な藤兵衛にとっては、初めて訪《おとな》う神社だった。

「はて、願望成就の呼び声が高いわりに小さな社《やしろ》だなあ」

独りごちながら、藤兵衛はしげしげとあたりを眺めた。

田んぼだらけで人影はほとんどない。

(吉原からさほど離れておらぬのに、これはまたうってかわった静けさだ)

にぎやかだった吉原のにわか祭りが遠い昔のように思われる。

いつの間にか日も傾きかけ、あたりの静けさと相まって、裏寂しささえ漂う。

(勢之助はまことにかような所に？　いや、そもそも幇間の夢介とはまことに勢之助なのか？)

助六に扮した夢介の立ち回りを思い出し、藤兵衛は頭をふった。

(いや、まちがいない。あの助六の放っておった殺気。あれはまがいもなく勢之助のもの。稽古場で何度も打ち合うてきた俺には分かる。それに、あの鮮やかな男伊達。あいつは昔から華のある男だった。遊廓で名を上げるのもいたしかたなかろうが、祝言を挙げれば落ち着くものとばかり。それが、相手のお紺殿は……)

今度は神田川の土手で見たお紺の骸《むくろ》を思い出し、藤兵衛はよりいっそう強く頭をふった。

(いったいなにがあったのだ？　なにゆえ、かような事態に？　ああ、勢之助。なんとしても見つけだしてみせる。見つけだして、お前の口から説明してもらわねば、俺にはどうにも納得がいかぬ！)

藤兵衛は、得体の知れぬいきどおりさえ覚えながら、懸命にあたりを歩き回った。

すると、社の裏手のほうから、にわかに人の気配がした。

藤兵衛は腰の刀に手をかけ、身を低くして素早く裏手へ回りこんだ。

次の瞬間、藤兵衛は思わず息を呑んだ。

生い茂った芝草の平地に、手負の坊主頭の男がうずくまっている。

そこへ今にもとどめを刺そうと、もう一人の浪人風の男が刀をかまえているところだった。

「待たれよ！」

藤兵衛はとっさに声を上げて、うずくまっている坊主頭の前におどりでた。

「それがしはいぶきのや門人、浦野藤兵衛！　助太刀にまいった！」

うずくまっていた坊主頭は驚いて顔を上げた。

「藤兵衛。貴様、なにゆえ？」

剝き身の隈取りを落とした端正な顔立ちは、苦痛にゆがんでいたものの、まさしく藤兵衛のかつての剣術仲間の比企勢之助だった。

「勢之助！　貴様、やはり勢之助だったか！　なにゆえ、帮間などに身をやつして……」

尋ねたい話は山ほどあった。しかし、今はそれどころではなかった。

藤兵衛は目の前の浪人風の男と対峙した。

「勝負の前に、ひとつうかがいたい。なにゆえ、そこもとは比企勢之助の命を狙う？」

浪人風の男は短く笑い捨てた。

「逆に尋ねよう。なにゆえ比企勢之助をかばう？」

「互いに剣を交え、切磋琢磨してまいった仲間ゆえ」

男はまた短く笑った。

「剣がつなぐ友情か……。つまらぬ。まったくもってつまらぬ。教えてやろう。さようなものはまったくの夢想だ。今からぬしは、己の作りあげた、つまらぬ夢想の下に死ぬのだ」

「さような戯言は、それがしを倒してから申すがよい」

藤兵衛は開きなおった。

「死ぬるはそのほうゆえ、死ぬる前に今一度、尋ねておく。比企勢之助の命を狙うわけを！」

男は今度は笑わなかった。

「比企勢之助はすでに神田川で死んでおる。死んだはずの者がいつまでもはびこっておっては道理が通らぬ」

「なるほど」

藤兵衛は納得しかけて、慌てて首を横にふった。

「道理が通るも通らぬもない！　現に比企勢之助はこうして生きておる。では、神田川で死んだはずの比企勢之助とは、いったいどこの誰だったのだ？」

男は高い笑い声をあげた。

「つまらぬ夢想ばかりしておるから、いつまで経ってもかように単純なからくりが解けぬのだ。よいか、冥途の土産によく聞いておけ」

男はよく響く声で滔々と語った。

「神田川で死んだは、弟の辰之助のほうだ」

「なんと辰之助？　では、お紺殿は辰之助殿と心中を？」

男は吐き捨てるように笑った。

「この期に及んで、まだ心中などとほざいておるのか？　辰之助は自害したのだ」

藤兵衛は、神田川で見た男の遺体の腹についた傷を思い出していた。

（やはり。心中にしてはどうにもおかしいと思うておった。あれはどうみても切腹の跡。しかし、それでは、お紺殿は？）

藤兵衛の疑問に気づいたかのように、男が再び口を開いた。

「女の最期については、そこにおる勢之助がよう知っておろう。のう？　勢之助」

勢之助はうつむいたまま、口元をひき結んでいる。

「勢之助。黙っていては分からぬ。お紺殿はなにゆえ亡くなったのだ？　まさか、お前が殺めたわけではなかろうな？」

「違う！　俺がお紺殿を殺める道理などありはせぬ。だが、とどのつまりは、俺がお紺殿を殺めたようなもの」

勢之助の口から苦しげな嗚咽がもれた。

吉原田んぼに吹く風が、勢之助の中の刻《とき》を神田川の夜へとはこんでいく。

「俺は辰之助に呼び出されて、あの晩、神田川の土手に出向いた。しかし、あれがまさか果たし状であったとは思わなんだ。俺は家督も許嫁《いいなずけ》も、すべて辰之助に譲って出奔したのだ。辰之助も俺の真意を承知のうえで、この話を呑んでくれたのだと思うておった。だが、俺の思い違いであった」

「果たし状だと？　『この話』とはいったいなんの話だ？　お前は弟と果たし合いをするために神田川へまいったのか？」

「違う！　違うのだ。俺はあくまで最後の挨拶を交わすためと思い、出向いたのだ」

「最後の挨拶？　勘当されて出奔するお前に最後の挨拶だと？　そもそも勢之助、俺は以前からおかしいと思うておった。お前はなにゆえ家を捨てて出奔したのだ？　勘当されたなど嘘であろう？」

勢之助は一言も発しない。

代わりに、浪人風の男が高笑いで答えた。

「なかなかよい勘どころよのう。まさに勢之助は家を救うために家を捨て、己を捨てた。そうまでせねばならぬ、のっぴきならぬわけがあったのだ。今生の別れに己の口から語って聞かせてやってはどうだ？　勢之助」

夕闇迫る吉原田んぼを、強い風が容赦なく吹きつける。

勢之助は相変わらず口を割らない。

男の高笑いがふたたび響いた。

「勢之助が申せぬならば、俺が代わって教えてやろう。水戸藩は、かねてより影富に手を染めておったのだ。それも白昼堂々と屋敷の中で……」

藤兵衛は男を見すえたまま、息を呑んだ。

「では、河内山が水戸様を強請っておったとの噂はまことだったのだな？　その影富の件で強請っておったのだな？」

勢之助はなにも答えない。藤兵衛はうつむいた勢之助の横顔に答えを求めて、目をこらした。

しかし、きりりと端正な横顔からは苦悶以外のなにも読みとれない。

「捨ておけ、藤兵衛。あの晩、比企勢之助は許嫁のお紺とともに死んだ。そして、水戸藩を強請る河内山宗俊は幇間の玉川夢介扮する助六の手にかかって死ぬ。これが俺の書いた筋書きだ。なんの因果か途中で筋が狂うたがな」

夕日の弱い光の中で端正な横顔が歪み、かすれた笑いが漏れた。

「いくら狂うても筋書きは筋書き。狂うた分の帳尻はここで合わせてもらおう」

男はいきなり斬りこんできた。

藤兵衛は咄嗟にかわすと、すぐに青眼にかまえた。

「ふん、馬庭念流か……。手の内は読めておるぞ」

男の動きは素早く、藤兵衛になかなか間合いを取らせなかった。

（なんと、これまで見たためしのない形……。どこの流派であろうか）

男はまるで藤兵衛の胸の内を読んでいるかのようだった。

「流派の詮索なんぞ無用だ。それがしに師はおらぬ。ぬしの申すような仲間などもおらぬ。強いて申せば、己の師は己。己の敵もまた己。常に己との研鑽で技を磨いてまいった」

「ならばせめて、そこもとの名だけでも聞いておこう。名無しでは弔いもできまい」

「名など無用の最たるものだ」

男は高笑いをした。

だが、途中で気が変わったのか「信濃《しなの》……と申しておこう」と名乗った。

「信濃か。いざ勝負！」

藤兵衛は足を大きくハの字に開いて、腰を低く沈めた。

元より念流の剣は、防御の剣だった。

藤兵衛のかまえは攻撃には向かないかまえだったが、相手の攻撃に対しては盤石のかまえだった。

信濃もそのあたりを見切っていたのか、なかなか攻撃を仕かけようとしない。

果てしないにらみ合いが続いた。

両者の剣先は、もはや、一歩踏み込めば相手に当たる境まで来ていた。

互いの息づかいまで、はっきりと聞こえる。

信濃の殺気は、こわいほどに一途だった。

(こやつ、今まで負けたためしがないのだな。さもなくば、ここまで己の腕を信じきれるものではない。かような遣い手には初めて遭《お》うた)

底知れぬ恐怖が藤兵衛を襲った。

その刹那、信濃の瞳がキラリと光った。

痛いほどに強い光だった。

(しまった。読まれたか!)

「キエーッ!」

怪鳥のような声を上げて、信濃が刀を真向上段から斬りこんできた。

途端に藤兵衛は、右足を前の左足に引きつけた。

(窮鼠猫を嚙むべし!)

藤兵衛の剣は追い詰められてこそ威力を発揮する剣でもあった。

藤兵衛はさらに左足を一歩前へ踏みだした。

信濃と同じく剣を上段に取る。

「エーイッ！」

信濃がふり下ろすと同時に藤兵衛も剣をふり下ろす。

空中で両者の剣が交わる一瞬のきらめきを藤兵衛は目の端でとらえた。

藤兵衛の剣はわずかの差で信濃の剣の上に乗っていた。

「ヤーッ」

勝負は一瞬のうちだった。

残心を取る藤兵衛の横に、信濃がどうと倒れた。

一筋の汗が藤兵衛の背を伝って流れた。

「藤兵衛！　大事ないか？」

手負いの身体を引きずるようにして、勢之助が駆け寄る。

「ああ、大事ない。心配無用だ。太刀筋を読まれて危うかったが……」

藤兵衛はカッと目を見開いたまま事切れている信濃の顔に手をやった。

「しのぎ稼業で身を削るには惜しい腕前であった。しっかり成仏いたせよ」

信濃の目を閉じてやると、藤兵衛は静かに手を合わせた。

「藤兵衛、まことにかたじけない。いったいなにから話せばよいやら……」

勢之助は顔を伏せたまま、肩を震わせた。

「話は後だ、勢之助。まずは手当てを……」

藤兵衛は一向に顔を上げようとしない勢之助を背負った。

風の鳴る吉原田んぼを後にすると、ふたたび、旭屋へと向かった。

十一

旭屋では篤胤、重八、小絹の三人が、まんじりともせず藤兵衛の帰りを待っていた。

小絹から事情を聞いた旭屋の女将のお蔦は「えっ？　夢介さんはお武家様だったのかい？　それも水戸様の？」と大いに驚いた。

それから急に思い当たったかのように、「そうするとあれかい？　ほら、以前、練塀小路の旦那と夏雲花魁を取り合ったっていうお武家様……。あれは夢介さんだったってわけかい？」と声をひそめた。

「はっきりそうと決まったわけではありませんけど、おそらくは……」

小絹の曇った声の中には、まだ信じたくない思いが残っているようだった。

「夏雲花魁は、夢介さんの正体を知っておいでなのかねえ？」

「おそらく知っておったのでしょうな。二人結託して河内山を討つつもりだったのやもしれません」

篤胤の声がくさびのようにピシリと響く。

一同の視線は一斉に篤胤に向けられた。

篤胤はじっと一点を見つめたまま動かない。

「先生、そいつはまた、どういうわけで？　なんで二人の結託が分かったんでさあ？」

重八がたまりかねたように尋ねる。

「昼間の助六の股くぐりだ。河内山は夏雲花魁に手を引かれるように出てきた。いくら助六が股くぐりをうながしたところで、肝心の河内山が座敷から出て来なければ話にならぬ」

篤胤の淡々とした説明に、重八が思わず手を打った。

「そういや、夏雲花魁は河内山に股くぐりをするようにささやいてやしたね」

篤胤は目を閉じてうなずいた。

「さよう。あの股くぐりの間こそ、仕こみ傘で河内山を討つ絶好の機会。助六は、あの場でなんとしても河内山に股くぐりをしてもらわねばならなかった。そのためのお膳立てを夏雲花魁が受けて立ったのであろう」

「それであたしは、その絶好の機会をつぶしちまったんですね」

小絹は沈痛の面持ちで、唇を嚙みしめている。

「いやあ、小絹さん。あなたが仕こみ傘をすり替えておいてくれたおかげで、あの場で夢介さんは自害せずに済んだのですよ」

篤胤は目を上げて小絹をじっと見た。

「夢介さんは命がけで河内山を討つつもりだったに違いありません」

「でもその後、刺客に斬られたのでは、どっちにしても夢介さんは助からない……」

声を震わせる小絹に「いや、そうとはかぎりませんぜ」と重八がギョロリとした目を向けた。

「ほかでもねえ、藤兵衛さんが助太刀に向かったんです。ああ見えて、あの人の腕はたしかだ。間に合いさえすれば、必ず、夢介さんは助かりやす。ねえ、先生？」

篤胤は難しい面持ちで腕組みをしたが、急になにかを思い出した顔つきになった。

「して、重八。例の件のほうはいかがだった？」

重八は「よくぞ聞いてくだせえやした」とばかりの顔で声をひそめた。

「ええ、まちげえありやせん。やっぱり、先生がにらんだとおりでやした。神田川心中の件の探索打ち切りには、水戸様がからんでやした。ちなみに、比企勢之助の代わりに家督を継ぐはずだった弟の辰之助も、およそ一月前に行方知れずで廃嫡されておりやす」

篤胤は目を閉じて何度もうなずいた。

「小絹さん。夢介さんがしばらく姿を消していた理由《わけ》は、これですよ。ひそかに比企家に戻り、お父上と今後の行く末を相談しておったのでしょう」

「先生、ごめんなさい。あたし、先生のおっしゃる意味が……」

いぶかしげな顔つきの小絹に、篤胤は急に諭すような口調になった。

「いずれ、分かりますよ」

しばらくの間、重い沈黙が流れる。

お蔦は、居心地悪そうに早いまばたきをくりかえす。

すると、ほどなくして外でガタリと物音がした。

とっさに顔を上げ、誰よりも早く声を上げたのは小絹だった。

「あ、夢介さん！」

続いて重八が腰を浮かせる。

手負いの夢介を背負い、息荒く入ってきたのは藤兵衛だった。

夢介は気を失っているのか、藤兵衛の肩からダラリと手を垂らしたまま、顔を伏せている。

篤胤はなにか言いたげに口を開いて立ち上がったものの、なにも言わずにまた座った。

しかし、その表情には、みるみるうちに安堵の色が広がっていった。

十二

藤兵衛はお蔦の淹れた茶を酒でもあおるように、一気に飲み干した。

それでもまだ息は荒く、手足は興奮で震えている。

「して、勢之助の具合はいかがにございましょうや？」

「幸い、思うたより傷は浅かった。命に別状はなさそうじゃ。今、奥で女将と小絹さんが介抱に当たっておる」

篤胤は淡々と語った。

篤胤には医術の心得があり、医者をつとめていた時期もあった。

それゆえか、怪我人の傷口を見ても眉一つ動かさず、いち早く的確な血止めを施したのだった。

命に別状はないと聞いて安堵したのか、藤兵衛は旭屋に着いて初めて深く長い息を吐いた。

「いやあ、藤兵衛さん、まったくもって大したはたらきで、ご苦労様でやした。あっしは必ずや藤兵衛さんが夢介さんを連れて帰ってくるって信じてやしたぜ」

重八は特徴のある目をギョロつかせて、藤兵衛を労《ねぎら》うと、急に声をひそめた。

「で、あの夢介さんの正体てえのはやっぱり比企勢之助さんなのでございやしょう?」

藤兵衛は神妙な顔でうなずいた。

「さよう。幇間の玉川夢介の正体は、いかにも比企勢之助。それがしのかねてよりの剣術仲間にございました」

「水戸様のご家臣で、許嫁もあるお方が、いってえどうして幇間なんぞに身をやつさなけりゃならなかったんですかねえ? おまけにこんな危ねえ目にまで遭って……」

「いや、重八殿。それにはそれなりのわけがあったのでござる」

袖すり稲荷の裏での果たし合いを思い出したのか、藤兵衛はがっしりとした肩を震わせた。

「それがしもにわかには信じがたいのでございますが、水戸家上屋敷では白昼堂々と影富が行なわれていたそうで」

「ええ？　影富？　なんだって水戸様がご法度の影富なんぞ」

重八の目が驚きで見開かれた。

さすがの篤胤も動揺したらしく、急に目つきが変わった。

「では、河内山はその影富の件で水戸様を強請っておったのか。それで、勢之助さんは……」

その刹那、篤胤の後ろの障子がスーッと開き、青ざめた勢之助が顔をのぞかせた。

「さようにございまする。それゆえ、それがしは……」

「勢之助さん！　傷の具合はよろしいんですかい？　じっとしておられたほうが……」

重八が慌てて腰を浮かしたが、勢之助は有無を言わさぬ目つきで制した。

「手当てを受けておる間、小絹さんからすべてを聞きましてございまする。それがしのために、藤兵衛をはじめ、皆さまにたいそうなご迷惑をおかけしました。まことにもってかたじけない」

勢之助はその場で深々と頭を下げた。

「されどお家の一大事、藩の一大事だったのでございます。もしも影富の件が外に漏れれば、わが藩は……」

勢之助は声を詰まらせ、無念な表情で唇を嚙んだ。

篤胤は勢之助の様子を逐一見守りながら、淡々と尋ねた。

「しかし、なにゆえに水戸様のご家臣ともあろう方々が影富など？」

勢之助はハッと顔を上げ、言いにくそうにまた唇を嚙んだ。

「一言で申し上げれば財政難にございまする。今日び、どの藩も懐事情は厳しく、わが藩も例に漏れず。苦しい財政を影富で補う策に出ましてございまする」

「ご法度と知りながら？」

篤胤の目つきが鋭くなった。

勢之助は気圧《けお》されたかのように目を伏せた。

藤兵衛はいたたまれなくなって口をはさんだ。

「勢之助はまだ家督を継ぐ前の身でございました。たしかにご法度の影富に手を染めた非はありましょうが、わざわざ家督を投げうち、捨て身でお家の難を救おうと出奔したのでございまする」

「かつての剣術仲間の肩を持つか？　藤兵衛」

責めるような口調に藤兵衛はうつむいた。

「まことにもって、返す言葉もございませぬ。いかなる理由があろうともご法度はご法度。

影富などに手を染めるべきではございませんでした。されば、この比企勢之助、この一件に片がつきましたら、わが命をもってお上にお詫びを……。皆様にはまことにお世話になりました」

勢之助は篤胤と藤兵衛に向かって一礼すると、踵を返して出て行こうとした。

「どこへ行く？　待たれよ！」

篤胤は音もなく立ち上がったかと思うと、刹那のうちにひらりと勢之助の前に立ちふさがった。

「なんと！　先生がかように素早い動きを！」

篤胤のあまりに身軽な身のこなしに、藤兵衛も重八もただ目をみはるばかりだった。

「まるで木の上の仙人が地へ舞い降りたような」

しばらく篤胤の動きに見惚れていた藤兵衛もハッと我に返った。

「勢之助、さような身体でどこへ行く？　まさか、単身、河内山のもとへ乗りこむつもりではなかろうな？」

「おそらくそのとおりでしょう」

勢之助の代わりに篤胤が答える。

勢之助は燃えるような目で篤胤を見据えた。

「先生、後生にございまする。そこをお退《の》きくださいませ！」

「いいや、わしはここを動かぬ！」

篤胤はにべもなく言いはなった。

「ならば力ずくでも退いていただきまする！」

「どうぞ好きになさるがよい」

細身ながら上背のある勢之助と比べれば、やせぎすの篤胤など吹けば飛ぶような風情である。

しばらく二人の無言のにらみ合いが続いた。

「どうしました？　勢之助さん。早くわしを押し退けてはいかがかな？」

篤胤は勢之助から目を離さない。

見かねた藤兵衛が二人の間に割って入ろうとすると、重八が黙って藤兵衛の袖を引いて止めた。

「野暮はおやめなさいよ。こいつあ、大角先生の沽券をかけた大立ち回りだ。助太刀無用ってもんです」

「しかし、先生に剣術の心得は……」

「なにを抜かしてやがるんでさあ。だから、藤兵衛さんは野暮だってんですよ」

重八は声をひそめた。

「ほら、見えねえですかい？　先を取り合うお二人のすさまじい気の勢いが」

藤兵衛はあらためて、睨み合う篤胤と勢之助の様子をうかがった。

たがいに一歩も譲らぬ見えない力が二人の間でせめぎ合っている。

（なるほど、これは大勝負だ。剣を使わずして、かような勝負を仕かけるとは、さすがは先生。俺の出る幕はなさそうだ）

「しかと頼みましたぞ、先生」

藤兵衛は固唾を呑んで二人を見守る。

ちょうどそこへ、奥から小絹が出てきた。

小絹は事態を見て取るなり、目をみはった。

「勢之助さん！　なにをしてるの？　じっとしていなくちゃあ、また傷が開いて……」

その声が契機となったのか、不意に無言の勝負はついたようだった。

勢之助はくやしそうに唇を噛んでうつむいた。

篤胤は勝ち誇った顔で勢之助の前に立ちはだかっている。

やがて、うなりとも嗚咽とも取れる声が勢之助の口から漏れた。

（先生の勝ちだ。刀一本抜かずして、先生は勢之助に勝たれた）

勢之助はがっくりと膝を折り、その場に手をついた。

十三

「夢介さん、どうかもう無茶はやめてください。早く傷を治して、またお座敷に戻りましょう。夢介さんの芸を待っている人はたくさんいるんですよ」

小絹は勢之助の元に駆けよると、自ら肩を貸して勢之助を立たせた。

「小絹ちゃん、もう分かってると思うが、俺は夢介じゃあないんだ。俺は……」

勢之助は小絹の肩を借りて、辛うじて立ち上がった。

嗚咽をこらえて苦しげに語ろうとする勢之助を小絹はさえぎった。

「私にとって、夢介さんはずっと夢介さんよ」

勢之助は嗚咽に声を詰まらせ、なにも答えられなかった。

厳しい表情で出入り口に立ちふさがっていた篤胤は、ここでようやく表情をゆるめた。

「勢之助さん、わしがきつくあなたを止めたのにはわけがあります」

勢之助は顔を上げて篤胤を見た。

「あなたは、ただ命を捨てて河内山を討つだけが、お家のため、藩のためだと思うておるようだが、それはとんだ勘違いというもの」

勢之助の目にカッと火が灯った。

「勘違いですと？　それはいかなる意味合いか？」

肩を貸している小絹の手をふりはらわんばかりの気配がみなぎる。篤胤は少しも動じず続けた。

「いくら勢之助さんが身を賭して河内山を討ったとて、不正は不正。ご法度の影富の件はいつか必ず露見します。そうなれば、勢之助さんの死はまさに犬死に。お家のためにも藩のためにもなりません」

勢之助の目の中の火が、迷ったように揺らめいた。

「血気に走るばかりでは、真実は見えてきませぬぞ」

篤胤は火の揺らめきをじっと見すえていた。

「では、それがしのこれまでの細工は徒労とおっしゃるか？」

勢之助の声がかすかに震える。

「いや、徒労とばかりは言い切れません。小絹さんから聞いたところ、あなたの幇間としての芸はじつに人の心を惹きつけるものだそうですね。わしは先ほど、あなたの助六を見させてもらいましたが、なるほど、小絹さんのおっしゃるところがよく分かりましたよ」

「いったいなにがおっしゃりたいのです？」

勢之助はにわかにいら立った口調になった。

「まあ、そう先を急がれますな」

篤胤は、さらにゆっくりとした口調になった。藤兵衛は二人のやりとりをハラハラとしながら見守った。

「あなたにはじつに華がある。しかし、あなたは同時にその華を殺して相手を立てる機微が備わっている。これはもしかしたら、生まれながらの天分やもしれませぬな」

勢之助は鼻を鳴らして笑った。

「さような天分など武士にとっては無用の長物。なんの役にも立ちませせぬ」

「さよう。たしかに武士にとっては無用の天分。されど……」

篤胤の目がキラリと光った。

「されど、芸事に身を投じるのであれば、まことに宝のごとき天分。元より命を捨てる覚悟であったのなら、いっそ一度死んだつもりで、幇間の玉川夢介として生まれ変わってはいかがでしょう？」

「これは笑止！」

途端に勢之助の口から、堰を切ったような笑い声が流れでた。

「それがしのため、すでに弟の辰之助が死に、お紺殿まで亡くなっておるのですぞ。なにゆえ、それがし一人がおめおめと生き残れましょうや?」

「お紺さんはまことに不運にございました」

篤胤は沈痛な表情を浮かべた後、勢之助の顔色をうかがう目つきをした。

「しかし、弟の辰之助さんは不運とばかりも言い切れませぬ」

勢之助の目がけげんの色をおびた。

「おそらく辰之助さんは河内山と通じておりましたな」

とたんに勢之助の顔に血気が走った。

「いくら先生とて許しませぬぞ! なにゆえ辰之助が河内山と通じておったなどと……」

手負いの身を押して、勢之助は今にも篤胤につかみかかろうとした。

小絹が懸命になだめる。

「夢介さん、お願いだからじっとしていて。黙って大角先生のお話を聞きましょうよ」

勢之助は乗り出した身を引き、きまり悪そうに篤胤から目をそらせた。

その隙に篤胤は懐から一葉の文を取り出した。

「勢之助さん、まあ、この文をごらんなさい」

文に目を走らせた勢之助は「やっ、これは」と声を上げた。

「いかにも。これは誰かがあなたの手蹟をまねて書いた文です。お紺さんはこの文を読んであなたに呼び出されたと思い、あの晩、神田川へと出向いたのです。あなたはこの文を誰が書いたか知っておるはずです」

文に目を落としたままの勢之助に、篤胤はたたみかけた。

「勢之助さん、あなたはこの文を取り返したかったのではございますまいか？」

勢之助は黙っている。

藤兵衛は急に「アッ」と叫んだ。

「まさか、あのおりのお高祖頭巾の曲者！　下谷長者町まで後を尾行て、文を奪おうとしたは、お前だったのか！」

「すまん、藤兵衛。この文が露見すれば、一連のからくりも露見する。それゆえ俺は貴様に刃を……」

苦しげな口調である。

「からくりだと？　いったいなんのからくりだ？　申してみよ」

問いつめる藤兵衛に、勢之助はついに大声で叫んだ。

「俺もなにがなにやらよく分からぬのだ！　なにゆえかような事態となったのか！」

さまざまな感情がせめぎあっているのか、端正な顔立ちが歪んでいる。

「俺はすべてを辰之助に譲って出奔し、河内山を討つはずであった。この算段については辰之助も深く承知し、同意しておった。にもかかわらず、辰之助は俺に果たし合いを申しこみ、にせの文でお紺殿まで呼び出し、立ち合わせようとしたのだ」

話を解していない小絹も「果たし合い」と聞いて思わず口に手をやった。

重八はギョロリとした目を伏せ、腕組みをしたまま動かない。

やがて篤胤が静かに口を開いた。

「勢之助さん、あなたはすべてを辰之助さんに譲ったつもりでしたろうが、辰之助さんが一番欲しかったものを譲っていなかったのですよ」

勢之助は不意をつかれたような表情を浮かべた。

「辰之助が一番欲しかったもの？　それはなんなのです？」

「まあ、そう先を急がれますな」

篤胤は勢之助の手から、くだんの文をそっと取り上げた。

「わしがこの文から受け取ったは、幾重にも塗りこまれ、塗りこまれてはふさがれた途方もなく根深い嫉妬の念なのです」

「おそれながら、おっしゃる意味が分かりませぬ。嫉妬とは誰の、誰に向けた嫉妬なのでございましょうか？」

勢之助は難しい顔で首をひねった。

「弟の辰之助さんの、あなたに向けた嫉妬ですよ」

勢之助は驚いて顔を上げた。

篤胤は淡々と語る。

「おそらく、勢之助さんにとっては寝耳に水の話となりましょうが、どうか終いまでお聞き届けくだされ。よろしいかな？」

篤胤の有無を言わさぬ口調に、勢之助は黙ってうなずくよりほかなかった。

「人はもとよりさまざまなものを背負うて生まれてきます。天命しかり、運命しかり……。持って生まれた才や見目形もしかり」

篤胤はたしかめるかのようにチロリと勢之助の顔色をうかがった。

勢之助はけげんそうな表情を浮かべながらも、一言も聴き漏らさぬ勢いで篤胤の顔を見守っている。

（はて、先生はこれからいかなる話を？　あの『開かずの間』で三日三晩、ねり酒とともにこの文と向き合い、いったいなにを読み取りなさった？）

藤兵衛もおのずと膝をズイと乗り出して、篤胤の次の言葉を待つ。

「あなたと辰之助さんは双子ゆえ、見目形は似通うておられるかもしれませぬが、持って生まれたものはまったく別。あなたは生まれながら、一身に義をつらぬく気概となにより光り輝くような華を持っておられる」

篤胤はそこで一旦言葉を切って、またたしかめるように勢之助の顔色をうかがった。

「おそらくは、それが仇となったのでしょうなあ。残念ながら、あなたの持っておられるような華を辰之助さんは持ち合わせておらなんだ。己の持たぬものに対して、人は並々ならぬ羨望を抱きます。それはおそらく喉から手が出るほどに欲しい……、渇《かつ》え、といってよい。やがて、それは嫉妬となり、蛇のようにとぐろを巻いていきます」

「お待ちくだされ！」

勢之助は、いたたまれなくなった様子で口をはさんだ。

「なぜさようなまで知ったふうに？　辰之助に会うたためしもない先生に辰之助のなにが分かるとおっしゃいますか？」

篤胤はピタリと口を閉ざした。

一同は固唾を呑んで篤胤を見守る。

「強いていえば……」

やがて篤胤はおもむろに口を開いた。

「勘ですな」

勢之助は呆気に取られたような表情を浮かべた。

「今、なんとおっしゃいましたか？　勘と？」

「さよう。信じたくなくば、信じずともよい。まあ夢物語とでも思うてくだされ」

篤胤は咳ばらいをすると、「されど」と続けた。

「勘には真実が宿りますゆえ、ゆめゆめ、勘を侮りなさいますな」

篤胤は鋭い目つきで真っ向から勢之助の顔を見据えた。

「さて、わしの勘によりますれば、辰之助さんが一番欲しがっておったものとはつまり、お紺さんですよ」

勢之助は拍子抜けしたようだった。

「それがしとて、かねてより辰之助がお紺殿に懸想しておるのをうすうす気づいておりました。さらば、お紺殿も含めまして、辰之助に譲ったのでございます。たとえ私怨があったとしても、少なくとも、それがしが河内山を討つまでは、辰之助がそれがしと果たし合いをせねばならぬ道理はなきはず」

「生ぬるい！」

間髪いれずに篤胤が叫んだ。

勢之助は驚いて目をしばたたかせ、藤兵衛と重八は「やれやれ」とばかりに目を伏せた。

「あなたは人の心の機微というものをなにひとつ分かっておられぬ。いちずにあなたを慕いつづけておるお紺さんを譲られて、辰之助さんが喜ぶとでも思うてか！」

「しかし……」

「しかしもヘッタクレもない！」

篤胤の剣幕に勢之助は目をみはり、開きかけていた口をピタリと閉じた。

篤胤はじゅうぶんに間を置いてから続けた。

「お紺さんとて同じですぞ。まるで要らなくなった玩具のように弟へと渡されて、心中いかばかりであったか……。現にその件で、わしの元へ相談に来られたのだからのう」

「なんと……。それは存じませなんだ」

勢之助は目をみはるばかり。篤胤はふたたび、広げた文に目をやった。

「勢之助さんが河内山を討って果てれば、死してなお、お紺さんの胸の内には勢之助さんの人為《ひととなり》が残り続けます。そのかぎり、辰之助さんは嫉妬の念からのがれられません」

まるで文にそう書いてあるかのような口調で、藤兵衛は思わず横から文をのぞきこんだ。

しかし、そこには右上がりのきつい手蹟で、お紺を神田川へと誘う文面がしたためられてあるだけだった。

「辰之助さんは、そんな華のある死をあなたに与えたくなかった。それならむしろ、お紺さんの見ている目の前で嫉妬の源であるあなたを倒したい。さすれば、お紺さんの胸の内で永劫生き続けるであろう比企勢之助をきれいに消し去れると考えたのでしょう」

「それで果たし合いを？　なんと、さような考えを辰之助が？　まったく思いもよらなんだ」

勢之助は青ざめた顔でしばらく呆然としていたが、すぐに頭を横にふった。

「いいや、あり得ませぬ。かりにも水戸家家臣の家に生まれながら、辰之助がさような私情にとらわれるほど器の小さき弟だったとは。信じませぬ、それがしは断じて信じませぬぞ」

篤胤は小さくうなずくと「それもしかり」とつぶやいた。

「およそ真実とは、己の信ずるところのみにしか根づかぬもの。勢之助さんが信じぬとおっしゃるのならば、わしの話は最初に申し上げたとおり、夢物語にすぎません。されど、あの晩、あなたが目にしたものは、酷なようだが決して夢物語ではない」

勢之助は横にふりつづけていた頭をピタリと止めた。

「あの晩、なにがあったのか、われわれに話してくださらぬか？」

勢之助はしばらくの間、深く考えこんでいる様子だった。

篤胤は勢之助を見つめたまま、じっと待った。

次に言葉を発する者は、勢之助をのぞいて誰もいない。

勢之助は篤胤を見つめ返すと、あきらめたように話し始めた。

「あの晩、辰之助にいきなり果たし合いを申しこまれたそれがしは、なにがなにやら分からず、とにかく拒みました。しかし、辰之助の意志は固く、まったくこちらの言い分を聞かなんだ。そこへお紺殿がやって来て……」

勢之助の目の前には神田川の光景が広がっているかのようだった。

「お紺殿はにせの文をつかわされ、それがしに呼び出されたと思うて来たようでございました。しかし、いざ、果たし合いの立ち合いに呼ばれたと知るや、お紺殿は半狂乱になって止めに入り……」

勢之助は言葉をつまらせ、きつく目をつむった。

小絹が顔をのぞきこむように、勢之助の肩にそっと手をかける。

勢之助の頬を滂沱《ぼうだ》の涙が伝っていた。

「お紺殿は自らの命をもって、われらをいましめましてございまする」

「では、やはり、あの喉の傷は……」

藤兵衛の脳裏に、神田川で見たお紺の遺体の様子が浮かんだ。

「それで辰之助さんも後を追って自害したんでやすね？　勢之助さんが介錯を？」

重八の問いかけに、勢之助は幼児《おさなご》のようにコクリとうなずいた。

「それがしはわれとわが手で辰之助の遺体を己の遺体に仕立て上げ、お紺殿と心中したかに見せかけて神田川に流したのです。そのうえ、父上とはかり、探索が早く打ち切りとなるようはたらきかけましてございます」

勢之助は言葉を切って、藤兵衛に向きなおった。

「藤兵衛、これが俺の仕組んだからくりだ」

知らぬ間に、藤兵衛の頬にも滂沱の涙が伝っていた。

「なにゆえだ？　勢之助。なにゆえ、そうまでして……。それもこれもみなお家のため、藩のためか！」

叫んだ藤兵衛の声は震えていた。

「さよう。すべては河内山宗俊を討つため。だが、教えてくだされ、先生。わが弟の辰之助が河内山と通じておったとはいったいいかなるわけにございましょうや？」

篤胤は静かに瞑目した。

「これもわしの勘にすぎませんが……」

その場にいた一同の目が、おのずと篤胤のもとに集まる。

「勢之助さんが身を賭して隠そうとしたお家の不正を辰之助さんもまた身を賭して正そうとなさったのではございますまいか？」

勢之助は「なんと」とうめいた。

篤胤のもとに集まっていた一同の目がいっせいに見開かれる。

「さような話は……、信じとうありませぬ」

勢之助の口からもれた声は、ようやく聞き取れるほどの苦しまぎれの声だった。

篤胤はふたたび目を開け、あらぬほうを見上げる。

まるでそこにあの晩の神田川の光景が広がっているかのようだった。

「なに、すべては夢物語」

篤胤はポキリポキリと膝を鳴らし、勢之助のそばに歩みよった。

「されど、どうせなら楽しき夢を見たきもの。一切を芸の肥やしにして、客に楽しき夢を見させるもまた一興かと」

勢之助はまた口を開きかけたが言葉にならず、ただ茫然と目を落とすばかりだった。

そんな勢之助の背中を小絹が泣きながらさすっていた。

第五章　いぶきのや

「藤兵衛さん、藤兵衛さん。しっかりして。ああ、このまま目を覚まさなかったらどうしましょう？　あたしのこの想いを一言も告げないうちに逝っちまうなんて……。やだ、まさかそんな縁起でもない！　藤兵衛さんはたくましいお人だもの。今にきっと目を覚ますわ。覚ますに決まってる」

こめかみのあたりに響く声を感じ、藤兵衛はうっすらと目を覚ました。

（はて？　この声はいったい誰の？　懐かしい声ではあるが、やたらくどくどとやかましいのう。今少し落ち着いて眠りたきものを……）

「お長さん、もう少し休ませてさしあげなさい。藤兵衛さんはこのたび格別のおはたらきをなさったのですから。放っておいても、じきに目を覚まされますよ」

奥のほうから、別の落ち着いた穏やかな声が響く。

（そうだ、そうだ。俺は格別のはたらきをしたのだぞ。……と、いったい俺はなにをしたのだったか？）

——すべては夢物語にすぎませぬ——

どこからともなく、篤胤の凛とした声が響く。

（さよう。すべては夢物語。夢物語にすぎぬ。さらば俺も、もうしばし夢の続きを……）

藤兵衛がふたたびまどろみかけたやさきだった。

「やあ、まだ寝てやがるのかい？　寝汚《いぎたね》え奴だなあ。なにが『格別のおはたらき』だ。どうせ大《てぇ》したはたらきなんてしてねえだろうが。たかが知れてらあ」

耳ざわりなうえに、気分を逆なでするような傍若無人な声が響いた。

（この声……。さては、あやつだな？　かように無礼極まりなき奴はこの世に一人しかおらぬ。天狗小僧の……）

「とぉらぁぁきちぃぃ！」

カッと目を開け、「寅吉」と叫んだものの、舌がもつれてうまく回らない。

しかし、日ごろの鍛錬ゆえか身体は存外に融通が利いて、藤兵衛は床からガバと起き上がった。

「寅吉。おのれ、寅吉……」

親の敵《かたき》とばかりに寅吉の姿をさがす藤兵衛に、さすがの天狗小僧寅吉も目をみはった。だが、すぐに元の居丈高な態度に戻ると「やい、ここだ」と、ドカリと枕元にあぐらをかいて腰を下ろした。

「お前、いつの間に戻ったのだ？　神隠しに遭うて消えたはずではなかったか？」

ほんの何日か姿を見なかっただけにしては、寅吉の失踪はずいぶんと長く感じられた。寅吉がいなくなってから起きた数日の間のできごとを、藤兵衛は不思議な気持ちで思い出していた。

「神隠しなんかニセ天狗のいたずら。おいらがそんな下等な奴らの目くらましに遭ってたまるかよ」

「まあ、相変わらず口が達者ですこと！」

傍にひかえていたお長がピシャリとした一言を寅吉に投げた。

「それだけ立派な口が利けるなら、黙っていなくならずに、一言断わっていけばよかったものを。へらず口のくせに、とんだ足らず口なんだから！」

お長はさらにまくし立てると、寅吉と藤兵衛の間にぐいと膝を詰めて入りこんだ。

「藤兵衛さん、目を覚ましてくだすって本当によかったわ。あたし、このまま藤兵衛さんが眠り続けたままだったらどうしようかって、もう心配で心配で……」

うってかわった楚々とした口調に、寅吉は目をみはった。

「おい、やけに藤兵衛にやさしいじゃねえか。ちっとは、おいらの心配もしてみろってんだ」

「まあ、誰がお前の心配なんか……。勝手にいなくなったくせに」

とりつく島もないお長に、寅吉はむきになった。

「勝手にいなくなったんじゃねえやい！　おいらにゃおいらの、のっぴきならねえ理由《わけ》があったんだい。女のくせに、知ったような口を利くな！」

「あら！　じゃあ、そののっぴきならない理由とやらをうかがいましょうか。大人でも子どもでも男はみんな、都合が悪くなるとすぐ『女のくせに』って……。つまんない決まり文句しか出てこないんだから」

さすがの寅吉もお長にあっては得意の舌鋒がにぶる。しばらく口をへの字に曲げたまま、畳の縁をなぞっていたが、やがてポツリポツリと語り始めた。

「だから、その……。おいらはよう、例の文がどうしても気になってよう。鶴間屋に行ってたしかめようと思ったんだ」

「へええ、なにをたしかめるのよ？　『おいらは高見の見物さあ』って偉そうに吹いてたくせに」

「まあまあ、お長殿。こやつに終いまで話させてやりましょうぞ」

見るに見かねて藤兵衛が口をはさむ。

お長は急に顔を赤らめると小さく咳ばらいをし、「それで？」と寅吉をうながした。

「もともと、おいらの実家と鶴間屋は親しかったし、じつをいうと、おいら、昔からお紺さんのことを……」

「へえ？　まさか、あんたの口からそんな話が出るとは思わなかったわ。天狗小僧もいっぱしに恋をするのね」

お長が思わず高い声を上げる。

しかし、藤兵衛のほうをチラと見やると、慌てて口元をおさえた。

寅吉は耳の裏まで赤くして、下を向いている。

「では、寅吉。お紺さんをこのいぶきのやに仕向けたのは、お前だったのか？」

藤兵衛が問いかけると、寅吉ははじかれたように顔を上げた。

「とんでもねえ！　そりゃあ偶然なんだ。信じてくれ」

いつもの人を食った調子はみじんもなく、寅吉は別人のように真剣だった。

「例の勘で、なにか悩みを抱えた女がやって来るとは分かったけど、それがまさかお紺さんだとは夢にも思わなかった。だから、お紺さんがやって来たってんで、内心、飛び上がるくれえびっくりしたんだ」

（さように驚いていたようには見えなんだが……。しかし、今さら嘘をついているとも思えぬ）

藤兵衛の喉から感心とも驚きともつかないうなりが漏れた。

「正直、勢之助の勘当の話も神隠しの話も、うさんくせえと思ったさ。だけど、お紺さんが困ってるなら、力になってやりてえ。だから、おいらはおいらなりに先生を焚きつけて、この一件に首をつっこむよう仕向けたんだ。で、そのあと、例の神田川心中に押しこみだろ？」

寅吉の声が急に沈む。

「こりゃあ、裏になにかあるにちげえねえって思ったさ。だから、おいらもおいらなりに裏で動いて嗅ぎ回ってたんだ。そしたら、鶴間屋の伝右衛門さんがここへ持ってきた例の文を血眼になってさがしてる奴がいて……」

寅吉は言いにくそうに口をつぐんだ。

「誰だ？　誰が血眼でさがしておったのだ？」

藤兵衛が身を乗り出したやさき、表のほうがにわかに騒がしくなった。

きた。


「先生！　先生はおられますかい？」

しきりに篤胤をさがしている声がする。

「あの声は重八さんね。いつも間の悪いときにばっかり駆けこんでくるんだから」

お長が取り継ぎに立つまでもなく、勝手知ったる様子で重八がのしのしと上がりこんできた。

「藤兵衛さん。おかげんはいかがですかい？」

重八はお愛想めいた笑いを浮かべた後、傍らに座っている寅吉に目を向けた。

「や、寅吉！　お前、いつのまに帰ってきた？」

「いつのまにもくそもねえよ。三日後には戻るって約束したろう？　きっちり守ったぜ」

寅吉は得意げに胸を張る。

藤兵衛は床から半身を起こしたまま、寅吉と重八の顔を交互に見つめた。

「約束ですと？　いったいなんの約束を？」

「いいや、なんでもねえんでさあ。藤兵衛さんが気になさるほどのもんじゃありやせん」

狐にでもつままれた顔つきの藤兵衛をよそに、重八は急に話を変えた。

「それより、先生はどこにおられますかい？　また、おこもりで？」

「わしなら、ここにおるわい」

スッと障子が開いて、相変わらず渋面の篤胤が顔を出した。

「寅吉。今までどこに行っておった？」

篤胤は重八には目も止めず、まっすぐに寅吉を見つめた。

あれほど半狂乱でさがしていたのが嘘のように、静かで落ち着いたまなざしだった。

逆に寅吉のほうが落ち着きなく、キョロキョロと目を動かしている。どうやらきまりが悪くて、篤胤の顔をまともに見られないようだ。

（こやつがかように小さくなっておるとはめずらしい。先生にさえ遠慮なくでかい口をたたくこやつが……）

藤兵衛はしげしげと寅吉の様子をながめた。

すると、割って入るように重八が口をはさんだ。

「まあ、寅吉が今までどこをほっつき歩いてたかなんてどうでもかまわねえこった。それより先生……」

重八は声を低めた。

「とうとう河内山のやつが捕まりましたぜ」

さすがの篤胤も寅吉から重八の顔に目を移す。

藤兵衛は今にも床から起き上がらんばかりに身を乗りだした。

「なにゆえ今ごろ捕まったのでございましょう？　まさか、例の影富の件がばれて？　だとすれば、水戸様もただでは済まされますまい。勢之助は？　勢之助の父君……、比企東左衛門様はいかがあいなったので？」

「藤兵衛さん、落ち着いてください！　そんなに一度にしゃべったらお身体に障りますよ」

勢いに驚いたお長が、あわてて藤兵衛の背中をさする。

「なんだって？　影富だって？　水戸様は影富をやっていなさったってのかよ？」

頓狂な声を上げた寅吉を、藤兵衛は目で制した。

荒々しく肩で息をしながら、重八の答えをじっと待つ。

篤胤も固唾を呑んで重八を見守っている。

「じつはあっしもついに河内山が例の影富に踏みこんだのかと思ったんですがね、捕まったのはどうも踏みこむ前の話だったみてえで……。いや、あぶねえところでやした」

篤胤が腑に落ちぬ表情を浮かべた。

「では、いったいなんの罪状で捕まったのだ？」

重八が「よくぞ聞いてくれた」とばかりに向きなおった。

「そりゃあ、先生。いわずと知れた強請でやすよ。今まであやつが食い物にしてきた数え切れねえくれえの強請をずらりと書き連ねて、お上に投げ文したやつがいたんでさあ……」

そこで重八は言葉を切ると、ギョロリとした目で寅吉をにらんだ。

寅吉は目を伏せて、畳の上に指で得体の知れぬ文字を書きつらねている。

「まあ、お上のほうも前々から、かんばしからぬ奴だってんで、河内山に目をつけてはおられた。そこへ今度の投げ文だ。ようやく本腰入れて動く気になったんでやしょう」

篤胤は腕組みをして、しばらく考えこむ様子を見せたあと、「投げ文をしたのはお前か？　寅吉」と静かにたずねた。

「お前、今までどこに行っておった？」

相変わらず畳に文字を書きつらねながら、寅吉はきっぱりと黙っている。

（寅吉にさように大それた真似ができるわけがあるまい。そもそも寅吉は例の影富の件を知らぬのだ。比企勢之助がじつは生きておって、幇間の玉川夢介になりすましておったなど、当の勢之助にでも会うて聞きださぬかぎり、いくら神童といえど……）

藤兵衛はそこでまた身を乗りだした。

「まさか寅吉。お前、勢之助に会うたのか！　先ほど申しておった、伝右衛門さんが持ってきた文を血眼でさがしておった者とは勢之助だったと見越して！」

寅吉は観念した様子で顔を上げた。

「もしもそうだったら、どうだってんだよう?」

先ほどまできまり悪そうに小さくなっていたのが嘘のようにひらきなおっている。目に鋭い光が宿り、いつもの挑むような口調に戻っていた。

「おいらだって、最初はびっくりしたさ。神田川で死んだはずの比企勢之助がまさか、生きてたなんてな。でも、今になってやっと分かったぜ。あいつがどうしてそこまでして、あのにせの文を取り返して握りつぶしたかったのか。水戸様のお屋敷で影富が行なわれてたなんて、そりゃあ、身体を張ってでも隠してえわけさなあ?」

「では、お前が勢之助に例の文の在処を教えたのだな?」

答えるかわりに、寅吉はあぐらをかいて大きくそり返った。

「文さえ握りつぶせば、ぜんぶまるく収まるっていうもんだからよう。いっそのことおいらが盗みだそうかと思ったんだ。だけど、先生が肌身離さず握っててなかなか……。まさか、あいつが力ずくで奪いに行くたあ、夢にも思わなかったんだよう」

「もうよい、分かった。して、寅吉。お前は今までどこにおった?」

篤胤はポキリポキリと膝を鳴らして藤兵衛の枕元に座った。

「長崎屋の……、山崎先生のところさ。おいら、うっかりつかまっちまって」

「はて、長崎屋。長崎屋……と」

藤兵衛はしばらく考え込んだ後、ハタと手を打った。

「おお、下谷長者町の……。あの珍妙な薬を並べておった店だな」

藤兵衛はかつて篤胤と二人で長崎屋を訪ねた日を思い出した。

店主であり、若き国学者でもある山崎美成の、いかにも才気走った顔が浮かぶ。

「長崎屋につかまったとは、いかなる意味か？　かつてお前を見いだしたのは、長崎屋の先生なのであろう？」

「そうさ。だけどおいらは長崎屋を逃げだして、こっちの先生のところへ……」

（そういえば、長崎屋の先生は『あっさりと鞍替えしおって』とかなんとかおっしゃっておったな。ははあ。分かったぞ）

藤兵衛は肚の中で手を打った。

（要するに、取り落とした掌中の珠をふたたび掌中に納めようとしたわけだな）

「しかし、よくもまあ、お前のようなへらず口を……。うちの先生にせよ、長崎屋の先生にせよ、物好きなものだ」

「やめてくれよ。ただの物好きじゃあすまされねえ。おいら、変な薬を嗅がされて、気がついたら長崎屋にいたんだ。あげくのはてに何日も奥の部屋に閉じこめられて……」

「それは大変だったわねえ」

お長が、いかにも大げさに相槌をうつ。

「ふん、お前になにが分かる？　だけど、おいらだって馬鹿じゃねえよ。おとなしく閉じこめられたふりして、かげで勢之助と通じていろいろさぐりを入れてたんだ」

「お手柄だったのう、寅吉。しかし、さすがのお前でも、この文は盗みだせなんだか」

篤胤はくだんの文を懐から取りだした。

「そいつは例のにせ文！　先生、その文をどうするつもりだい？　伝右衛門さんに返すのかい？」

篤胤は口元をゆがめて笑うと、お長に文皿を持ってこさせた。

偽文をあらためて広げ、そっと文皿の上にのせる。

一同が見守るなか、篤胤はなんの躊躇もなくいきなり火をつけた。

「先生、なにをなさいますか！　大事な文が……。伝右衛門さんからの預かり物が……」

藤兵衛が驚いて火を消し止めようとすると、寅吉が「野暮はやめときな」とやけに大人びた顔で制した。

「しかし、伝右衛門さんにはどんないいわけを？」

うろたえる藤兵衛の目の前で上がった小さな炎は、みるみるうちに文を吸い込み、黒く変色していった。

灰と化してもなお、細い煙をあげてくすぶっている文を篤胤はじっと見つめている。

「お長、酒を持ってきてくれ」

やがて、篤胤の口から静かな声が漏れた。

お長が立ち上がるまでもなく、奥のふすまがスーッと開いた。

頃合いを図っていたかのように、お里勢が酒の入った酒器を盆にのせて入ってくる。

折り目正しい所作が美しい。

藤兵衛は見惚れるようにお里勢の動きを目で追った。

（まさか、灰を肴に一杯やるわけでもあるまい。いったい先生はなにを……）

篤胤はお里勢の持ってきた酒器を手に取ると、文皿の上にわだかまっている灰の上に傾けた。

酒を吸った灰から煙が引き、部屋の中にほのかに酒の香が満ちる。

篤胤は灰に向かって手を合わせ、瞑目した。

藤兵衛もつられて手を合わせた。

「これで、ちっとは念も鎮まったな」

寅吉が鋭い目で虚空をにらんでいる。

「お前には念が見えるのか？　それがしにはなにも見えぬぞ」

藤兵衛は文皿の上に目を凝らし、さらに部屋の中を見回した。

篤胤は瞑目しながら、ゆっくりと語り始める。

「すべてはこの文から始まったのだ。このにせ文にこもった念がお紺さんを殺《あや》め、ひいてはこれをしたためた辰之助さん本人をも殺めた。鶴間屋の伝右衛門さんのところに戻れば、伝右衛門さんをも殺めかねぬ。どうにか供養をしてやらねばと思うてのう」

「伝右衛門さんは、ぜんぶお父様にゆだねるつもりで文を預けたのよ。きっと分かってくれるわ」

「お紺さんは、まことに気の毒な目に遭われたものだ。伝右衛門さんには、ことのしだいを因果を含めて、よう説明せねばなるまい」

お長は何度もうなずきながら、両手を握りしめている。

藤兵衛は、まだ部屋の中を見回していたが、急にわれに返って叫んだ。

「先生、勢之助は？　勢之助はいかがに？　いかがにあいなりましょうや？」

篤胤は閉じていた目を開けた。

「相変わらず声の高い奴め。さように叫ばずとも聞こえておるわ」

篤胤の鋭いまなざしが藤兵衛の顔にそそがれる。

「お紺さんたちを殺めた念が勢之助さんにまで及ぶのではと思うたのであろう？」

「さようにございます。よくぞお察しで……」

「お前の顔にすべて書いてあるわい」

藤兵衛はあわてて顔を撫で回した。

「重八が諳《そら》んじてきた勢之助さんの辞世の句だがのう……」

なにを思ったか、篤胤は覚え書き帖を取り出して広げた。

「今一度ここで読み上げてみよ。ゆっくりとな」

藤兵衛は言われるままに読み上げた。

「のぞみあひて　ちぢにものこそにくまざる　ゆくすえちかふ　くひなきよなれば」

「なにか気がつかなんだか？」

藤兵衛は床の上で首をひねった。

「想い合うて死ぬのだから悔いはない、との意味にございましょうか？」

「さよう。おもて向きは……のう？」

篤胤はチラと寅吉を見やった。

寅吉はニヤリと笑ってうなずく。

横で重八がハタと手を打った。

「さすがは先生。このときから、お気づきとは恐れいりやした」

「ええい、重八殿まで……。分かっておらぬのは、それがしのみとは情けない」

藤兵衛は食いつくように、覚え書き帖に目を走らせた。

「さあて。いんちき侍に分かるかなあ？　剣のつかいようは達者でも、ここのつかいようはにぶいからなあ」

寅吉は自身の頭を指でコツコツとたたく。

「なにを抜かすか！　お前に分かって、それがしに分からぬ道理はない。へらず口を閉じて少し黙っておれ！」

藤兵衛と覚え書き帖のにらみ合いが始まったが、ただ時がすぎていくばかり。

「藤兵衛さん、大丈夫？　あんまり根を詰めると、また具合が悪くなりますよ」

お長とお里勢が心配そうに藤兵衛を見つめる。

藤兵衛はついに根負けして、床の上に座ったままつっぷした。

「まいりました！　先生、この句にはいったいどんなからくりが？」

篤胤は藤兵衛の手にある覚え書き帖の縁をトントンと指でたたいた。

「なに、からくりというほどのものではない。それぞれの句の頭文字をつなげてみよ。折句になっておるのだ」

藤兵衛はガバと起き上がると、ふたたび覚え書き帖に目を走らせた。

「の、ち、に、ゆ、く……。なるほど、『のちに逝く』とありまする」

「なぁにを、今ごろ夢から醒めたみてえな顔して……」

はやし立てる寅吉を藤兵衛はキッとにらんだ。

「なるほど。これで先生は神田川の死体が勢之助のものではないと察したのでござるな？」

篤胤は静かにうなずいた。

「さよう。勢之助さんはじつは生きておって、なにかをなしとげて後に逝くと決心されたのではと感じたのだ」

「それも勘にございますか？」

篤胤は「さよう」と静かにうなずく。

「さすがは大角先生だ。勘の冴えどころが、どっかのいんちき侍とは違うなあ」

「おのれ、へらず口め。もう少し長崎屋に捕らえられておればよかったものを……」

藤兵衛は寅吉をにらみつけた。

「これ、寅吉。いいかげんにせい」

篤胤は諭すような口調の後、きっぱりと続けた。

「なにはともあれ、おもて向き、勢之助さんは神田川で亡くなったのだ。もうこの世にはおらぬ」

「しかし……」

食い下がろうとする藤兵衛を、篤胤がさえぎる。

「勢之助さんは亡くなったが、幇間の玉川夢介は傷も癒えれば、息災に暮らしていけるであろう。この先も……。のう？」

篤胤の問いかけに重八はしきりにうなずいた。

「河内山はきっと己が放った刺客に夢介が殺されたって思いこんでおるでやしょう。それに、奴は今ごろ牢できつい責めの真っ最中さ。影富の『か』の字も喋れねえはずでさあ」

藤兵衛はハタと思い当たったように篤胤の顔に見入った。

篤胤のまなざしがぐっと深くなる。

「なるほど、さようにございますな」

藤兵衛の目におのずと涙があふれた。

「多くの者が亡くなりましたが、一人でも生き残ったは、まことにようございました。まことに……」

藤兵衛は何度もうなずいた。

「さて、寅吉も戻ったことだし、七生舞の絵を仕上げねば……。のう？　寅吉」

「ひやぁ、相変わらず人づかいが荒《あれ》えなあ。おいら、やっと帰《けえ》ってきたばっかりだってのによお」

「なにを言ってるのよ。長崎屋さんでさんざん油を売ってたんでしょう？」

お長が澄ました顔で続ける。

ムキになって言い返そうとする寅吉をさえぎり、藤兵衛は床から起き上がった。

「それがしなら、もうすっかり調子が戻りましたぞ。さあ、いつでも始めましょうぞ」

「なんだよ。もう少し寝てろよお」

寅吉がむくれる。

「さきほど、それがしに向かって寝汚《いぎたな》いと申したのはお前であろう？」

「もうよせ、藤兵衛。ささ、始めるぞ」

篤胤は素早く覚え書き帖をめくってかまえた。

「ええっと、どこまで話したっけなあ？」

寅吉はしぶしぶあぐらをかいて座り、半眼になった。

藤兵衛もお長とお里勢がはこんできた絵筆一式を前にしてかまえる。

「舞人の数は五十。楽人も合わせると七十四だ。まあるく円になって……」

寅吉の目の前に神仙界が広がり、誰も目にしたためしのない七生舞が始まった。

(はて、まことにかような舞が舞われておるものやら……)

藤兵衛はいぶかしげに筆をふるいながら、ふと横にいる篤胤の様子をうかがった。

篤胤は覚え書き帖を手に前のめりになって、寅吉の話を懸命に書き留めている。

両の目はいきいきと輝き、歳が十も若がえってみえる。

(やれ、巣についた鶏のごとく部屋にこもりっきりになったかと思えば、かように夢中で聞き書きを……。まことに変わったお人よのう。なかば枯れかかった風情であるのに)

「これ、藤兵衛。わしはまだ枯れてはおらぬし、枯れかかってもおらぬぞ」

聞き書きの手を止めることなく、篤胤が言い放つ。

藤兵衛はあわてて絵筆を握りなおした。

文皿の上の灰が酒に浸って鈍い光を放っていた。

編集協力／小説工房シェルパ

本書は書き下ろし作品です。

吉原美味草紙
おせっかいの長芋きんとん

出水千春

父を亡くし、大坂から江戸にでてきたさくら。彼女には一人前の料理人になり店をもつ夢があった。だが、吉原の妓楼〈佐野槌屋〉の台所ではたらくことに。乏しい食材でも自慢の腕をふるい、様々な悩みを解きほぐす――花魁の落涙の理由、男衆の暴れ騒ぎ、人形師の心の迷い……温かく人を包み込む人情料理物語。

ハヤカワ
時代ミステリ文庫

吉原美味草紙
懐かしのだご汁

出水千春

料理人さくらは、亡くなった佐野槌屋の楼主・長兵衛に、娘おるいと継母お勢以のことを頼まれた。が、長兵衛の弟の奸計で見世を追い出される。行き着いたのは瓢亭という不味さで名高い居酒屋。ここで働きつつ佐野槌屋に戻ることを誓うさくらは、店の亭主が亡き妻の思い出のだご汁を作ろうとしているのを知り……

ハヤカワ
時代ミステリ文庫

吉原美味草紙
人騒がせな蟹祭り

出水千春

妓楼の娘たちを支えるため、さくらは今日も工夫を凝らして滋養のある食べ物を作る。だが、さくらの料理の師、竜次の様子がおかしい。岸和田で武士だったころに起きた何かが関係しているとわかり、故郷ゆかりの料理で元気づけようとするが……温かな料理で過去の傷も未来の不安も包んでみせる、料理愛情物語。

ハヤカワ
時代ミステリ文庫

戯作屋伴内捕物ばなし

稲葉一広

町娘がかまいたちに喉笛切られて死んじまった！——金と女にだらしないが、口先と頭は冴えまくる戯作屋・伴内のところには今日も怪事が持ち込まれる。空飛ぶ幽霊、産女のかどわかし、くびれ鬼による呪い死に……江戸中の怪奇を、鮮やかに解き明かしてみせる。妖の正体見たり、枯尾花！　奇妙奇天烈捕物ばなし。

ハヤカワ
時代ミステリ文庫

寄り添い花火
薫と芽衣の事件帖

倉本由布

札差の娘で岡っ引きの薫と、同心の娘なのに薫の下っ引きをする芽衣はともに十五歳。ある日、芽衣が長屋の前に捨てられた赤子を見つける。ふたりで親捜しを始めるが、そんな折にある札差で赤子の神隠しがあり、寝床には榎の葉が一枚残されていたという不思議が……ふたりで謎を解き明かす、清々しい友情事件帖。

ハヤカワ
時代ミステリ文庫

風待ちのふたり
薫と芽衣の事件帖

倉本由布

岡っ引きの薫と、薫の下っ引きの芽衣のあいだがちょっとおかしい。薫は芽衣を避け、芽衣は独りで頼みごとを引き受けることに。お稽古ごと仲間の父親が年の離れた若い女に逢っていて、女には小さな子どもがいるらしい。芽衣は薫ぬきで謎に挑むが……。たまにはすれちがうけど互いが好き、薫と芽衣の友情事件帖。

ハヤカワ
時代ミステリ文庫

いついつまでも
薫と芽衣の事件帖

倉本由布

札差の娘で岡っ引きの薫と、同心の娘なのに薫の下っ引きの芽衣はいつも一緒——だったのに。探索の最中、芽衣が自分のせいで怪我をしたと薫は悔いていた。ついに薫は御用の筋はやめようと追い詰められる。そんな時、札差の奉公人の娘が大事に貯めていた銭が忽然と消える。薫は真相を追うが隣に芽衣はおらず……

ハヤカワ
時代ミステリ文庫

天魔乱丸

大塚卓嗣

切り落とされた信長の首を護り、森蘭丸は本能寺を逃げ惑う。が——猛り狂う炎が身体を呑み込んだ。目覚めたその時、右半身は美貌のまま、左半身が醜く焼け爛れていた。ここで果てるわけにいかない。蘭丸は光秀側の安田作兵衛を抱き込み、ある計略を仕掛ける。復讐鬼と化した美青年の暗躍！　戦国ピカレスク小説

ハヤカワ
時代ミステリ文庫

著者略歴　1971年生，作家　著書『ウェーブ 小菅千春三尉の航海日誌』（時武ぼたん名義），『護衛艦あおぎり艦長 早乙女碧』『試練 護衛艦あおぎり艦長 早乙女碧』『就職先は海上自衛隊 女性「士官候補生」誕生』他

HM=Hayakawa Mystery
SF=Science Fiction
JA=Japanese Author
NV=Novel
NF=Nonfiction
FT=Fantasy

大角先生《だいかくせんせい》よろず覚《おぼ》え書《が》き

〈JA1543〉

二〇二三年二月十日　印刷
二〇二三年二月十五日　発行

（定価はカバーに表示してあります）

著者　時《とき》武《たけ》里《り》帆《ほ》
発行者　早川浩
印刷者　大柴正明
発行所　株式会社 早川書房

郵便番号　一〇一 - 〇〇四六
東京都千代田区神田多町二ノ二
電話　〇三 - 三二五二 - 三一一一
振替　〇〇一六〇 - 三 - 四七七九九
https://www.hayakawa-online.co.jp

乱丁・落丁本は小社制作部宛お送り下さい。送料小社負担にてお取りかえいたします。

印刷・株式会社亨有堂印刷所　製本・株式会社フォーネット社

©2023 Riho Tokitake　Printed and bound in Japan

ISBN978-4-15-031543-6 C0193

本書のコピー、スキャン、デジタル化等の無断複製は著作権法上の例外を除き禁じられています。

本書は活字が大きく読みやすい〈トールサイズ〉です。